2014《小说选刊》茅台杯小说获奖作品集

中国好小说

〔短篇卷〕

小说选刊 / 选编

中国书籍出版社
China Book Press

图书在版编目（CIP）数据

2014 中国好小说·短篇卷 /《小说选刊》选编 . —北京：中国书籍出版社，2014.3

ISBN 978-7-5068-4064-4

Ⅰ . ① 2… Ⅱ . ①小… Ⅲ . ①短篇小说—小说集—中国—当代 Ⅳ . ① I247.7

中国版本图书馆 CIP 数据核字（2014）第 039120 号

2014 中国好小说·短篇卷

小说选刊　选编

策划编辑	武　斌　崔付建
责任编辑	成晓春
责任印制	孙马飞　张智勇
出版发行	中国书籍出版社
地　　址	北京市丰台区三路居路 97 号（邮编：100073）
电　　话	（010）52257143（总编室）（010）52257153（发行部）
电子邮箱	chinabp@vip.sina.com
经　　销	全国新华书店
印　　刷	北京市通州富达印刷厂
开　　本	170 毫米 ×240 毫米 1/16
字　　数	180 千字
印　　张	12.5
版　　次	2014 年 4 月第 1 版　2014 年 4 月第 1 次印刷
书　　号	ISBN 978-7-5068-4064-4
定　　价	24.00 元

版权所有　翻印必究

目 录

001　明年我将衰老　　　　　　　　　王　蒙

021　大雨如注　　　　　　　　　　　毕飞宇

041　透　明　　　　　　　　　　　　蒋一谈

063　穿军装的牧马人　　　　　　　　曾　剑

081　火锅子　　　　　　　　　　　　铁　凝

091　她的名字　　　　　　　　　　　苏　童

111　老桂家的鱼　　　　　　　　　　南　翔

133　扬起你的笑脸　　　　　　　　　欧阳黔森

153　真相是一只鸟　　　　　　　　　范小青

169　整个宇宙在和我说话　　　　　　艾　伟

185　青春与沧桑　　　　　　　　　　王　干
　　　——2013年中短篇小说的一种解读

明年我将衰老

王蒙／著

作者简介

王蒙，1958年起创作大量文学作品，代表作品有《夜的眼》《风筝飘带》《蝴蝶》《坚硬的稀粥》等。曾多次在国内外获奖，作品被译成多种文字。现任国务院参事室参事，中国作协名誉副主席。

明年我将衰老

我知道这一切都有你的心思，都有你的参与与祝愿，有你的微笑与泪痕，有你的直到最后仍然轻细与均匀的，那是平常的与从容矜持的呼吸。到了2012这一个凶险与痛苦的年度的秋天。上庄·翠湖湿地，咱俩邻居的花园，黄栌的树叶正在渐渐变红，像涂染也像泡浸，赭红色逐渐伸延扩散，鲜艳却又凝重。它接受了一次比一次更走凉的风雨。所谓的红叶节已经从霜降开始。通往香山的高速公路你拥我挤，人们的普遍反应是人比叶多，看到的是密不透风的黑发头颅而不是绯红的圆叶。伟大的社稷可能还缺少某些元素，但是从来不乏热气腾腾与人声滔滔。

夏天时候我觉得距离清爽是那样难得的遥远。虽然有过"暑盛知秋近，天空照眼明"的诗句。这时候，你甚至觉得萧瑟与无奈正悄然却坚毅地袭来。好像有指挥也有列队，或者用我的一句老话，你垂下头，静静地迎接造物删节的出手不凡。你愿意体会类似印度教中的湿婆神——毁灭之神的伟大与崇高。冷酷是一种伟大的美。冷酷提炼了美的纯粹，美的墓碑是美的极致。冷酷有大美而不言。寂寞是最高阶的红火。走了就是走了，再不会回头与挥手，再不出声音，温柔的与庄严的。留恋已经进入全不留恋，担忧已经变成决绝了断。辞世就是不再停留，也就是仍然留下了一切美好。存在就是永垂而去。记住了一分钟就等于会有下一分钟。永恒的别离也就是永远的纪念与生动。出现就是永远。培养了两名世界大奖得主的教授给我发信，说："没有永远。"好的，没有本身，就是永远。有，变成没有，就是说，一时化为永远。有过就是永远，结尾就是开端，在伟大的无穷当中，直线就是圆周。与没有相较，我们就是无垠。

比起去年，充分长大的黄栌，出挑得那么得心应手，行云流水，疏密凭意。它已经有了自己的秋天的身姿，自信中不无年度的凄凉、寂静中又仍然有渐渐走失的火热。那临别的鲜艳与妩媚，能不令你颠倒苍茫，最终仍然是温柔的赞美？也可能只是因为你去了，我才顾得上端详秋天，端详它的身段，端详它的气息，端详它的韵味，有柔软也有刚健，如同六十年的拥抱与温存，你的何等柔软的脸庞，还有时下时停的雷雨，时有时无的星月，像六十年前一样丰满。也许天假我以另外的七八十年。银杏与梧桐的叶子正在变得淡黄金黄，他们的挺拔、高贵与声誉，使秋天也同享了时节的从容与体面。秋天是诗，秋天是文学，秋天是回忆也是温习。秋天是大自然的临近交稿的写作。敲敲电脑，敲出满天星斗，满地落叶与满池白鱼。柿子树的高端已经几乎落尽了叶子，剩下了密密麻麻的黄金灯果。相信某一个月星暗淡的夜晚，枝头的小柿子会一齐放光，像突然点亮了的灯火通电启动。月季仍然开着差不多是最后的花朵，让人想起爱尔兰的民歌《夏天，最后一朵玫瑰》，它们的发达的正规树叶凋落了，新芽点染着少许的褐与红，仍然不合时宜地生发着萌动着，在越来越深重的秋季里做着早春的梦，哪怕它们很快就会停止在西风与雨夹雪里。芦苇依靠着湖岸，几次起风，吹跑了大部分白絮银花，我们都老了，渲染了它们的褐黄与柔韧。靠着芦苇的有送走了白絮的小巧的蒲公英。比较软弱的是草坪，它们枯黄了或者正在枯黄着，它们掩盖着转瞬即逝的夏天的葱茏与奔忙，它们思念着涟漪无端的难言之隐。湿地多柳，女性丰盈的外观与脾气随和的垂柳，她们的长发仍拂动着未了的深情。它们说，不，我们还没有走，我们还在，我们还在恋着你哄慰着你。你在哪里，我在哪里，你与我一起，我与你一起。

我喜欢你的命名：胜寒居。我更喜欢居前的开阔地。你比古人更健朗，他是高处不胜寒，你是高处不畏冷，不畏高。高只是一个事实，所以你不讳言也不退让。你在胜寒居上养了一条黄鼠和一只小羊，你在胜寒居的胜寒楼上吟诗赏月，那是一个刚刚开始的梦，一个尚未靠近的故事。

我说了未曾去过的外国，那旋转润滑的玻璃风门，那深夜的归来，那巧克力与杜松子酒的混合，那哭哑了嗓子并且敲断了鼓槌弹崩了吉他弦子的背景的痛苦。那同行的欢声笑语：是不是有几分亢奋？那从"文革"与

"为纲"的苦斗中走出来的舞文弄墨的、其实是幸运的"狗男女"。见到了欧洲就像见到了一批盛装的，却也是半裸的、脱下了我们长久以来说不出口的某些遮掩的辣妹猛男，兴奋与惶惑同在，欲望与摇头共生。那各色各式的汽车与多棱的反光后镜，那五颜六色、刺鼻的与诱人的香水气味，那永远的置放在滚石（块冰）上的黄金色泽的苏格兰威士忌，那服务小姐的身材与短裙，那酒吧歌女的金发与长腿，还有为她伴奏的震耳欲聋的乐曲。

我觉得我的牙周已经被架子鼓震得酥松，我的龋齿正在因小号而疼痛，我的好牙正在随着萨克斯风而动情地脱落，我的耳朵开始跟随着提琴的上天入地的追寻与躲藏而渗血，它在赌咒？它在起誓？它意欲奔逃背叛？它意欲变成一只飞奔的豹子。我的眼睛已经因打击乐而紧闭，我的眼球已经因放肆的疯狂而疼痛。会不会爆炸？还是离开？我看到了深夜出行的王子，他从来都养尊处优、脱离人民、不知世事艰难，也满以为人生美好温暖，以为他带给世界的是爱与祝福。他碰到了类似柏林的墙，变成了墙上的浮雕古典，然后烧到盘子上，挖到木板上，凿到石头与玉上，印在明信片上，变成此行的唯一存贮。

我看到了我自己的仪礼，由你的吉他陪伴，唱着"归来、归来"的歌。我们小时候在一起踢过毽子，跳过"我们要求一个人"，划过白塔。后来你在欧洲，我在风是风火是火的大潮里。你的歌声太动情，你的服装太古板，你的肩膀太宽大，你的嘴唇太憨厚，不，我只能说不了，是闹，是诺，是聂，是南，是 N 与不同的"无意"即五笔字型"元音"重码的联结。是游乐场上的旋转秋千，翻滚过山，疯狂老鼠，水滑梯自由落船。我累，我疲倦，我快要听不见说话与睁不开眼，我有倦容又有得色。但是是你而不是我感到了晕眩。你改变了百叶窗的颜色。

从那一天我开始了百叶窗之思念。从那一天我下决心在我的新作里好好描画一下百叶窗。多么遗憾，我忘记了郭沫若译的《茵梦湖》和它的作者史托姆。我听到了赞美和声。感谢我上过的小学，它教会了我欧洲的旋律与中文的歌词:"老渔翁,驾扁舟……一箬笠,一清钩……"还有"百战将军得胜归"。我知道身上的重担,我没有理由不为那如火一样燃烧的众人的纯真与壮志所感动。没有理由不为世界而感动,有许多欢迎,有许多鼓掌,有许多好的建议与期许。我不喜欢太多的研讨、谋略、咋呼与歪着嘴装腔作势。虽然我也不拒绝枕戈待旦,至今我想着在黄炉旁入睡的时候身旁不妨放一件一万五千伏的静电防身器。因为这里至少有五户半夜进过披发鬼。在几乎等同于入睡的倦态中我保持的是阿尔卑斯山泉一样的清冷,品质、深情与才能同在。奇怪的是这一次我竟因了电影《爱情故事》的主题曲而感动莫名。我怎么会觉得多米米多通向的是米骚米骚拉骚多拉骚,即爱情故事与二泉映月相联通。感情就像旋律,它攀缘直上,顺流而下,起起落落,别具肺肠,像是抚弦的手指,艰难地前进,无望地滑落,终于大放悲声——这是家乡农民对于地方戏的评说专用语,虽说仍然归于寂寥。

有一段相声,我忘记了是马季还是牛群说的了,逗哏的人说他会用各种不同风味的曲调演唱同一首歌曲,捧哏的人说:"你用河北梆子给我唱一首《我的太阳》吧",逗哏者曰"唱——不——了——",相声戛然而止。其实,我就会用河北梆子唱"可爱的阳光,雨后充满辉煌……"我照样唱得天昏地暗,死去活来,爱比死更强,在意大利拿玻里民歌与河北大戏里,一个样。

是的,没有绯闻,真的没有。然而有过笑声,有过意大利通心粉与三色冰激凌,有过莱茵河游艇上的蓝天与骄阳。苦苦的咖啡。有一万五千里的距离,有七个小时的时差。这里也有一句诗:

"你的呼唤使我低下头来。就这样等待着须发变白。"

我可能有各式各样的不慎与失策,大意与匆忙,然而从来不轻薄,并视轻薄为卑劣与肮脏。

还有过最早的失眠,十五岁。我去看望你的彩排,你沉稳而无言,你

明年我将衰老

跳着用瞿希贤的歌子伴奏的舞。都说你的特长不是舞蹈而是钢琴,然而那是全民歌舞的岁月,高歌猛进,起舞鸡鸣,你为什么有那么细白的皮肤?你对我有特别的笑容,我不相信你对别人也那样笑过。你如玉如兰,如雪如脂,如肖邦如舒曼,如白云如梨花瓣。还有红旗,红绸,聚光灯,锣鼓,管弦乐,腰鼓。我的幸福指数是百分之八百,你的笑容使幸福荡漾了。每一声鸟叫,每一滴春雨,每一个愿望,每个笑容都是恩典。在没有人问你幸福不幸福的时候,我们当真很幸福过。在你微笑的时候我好像闻见了你的香味,不是花朵,而是风雨春光倒影。

然而我失去了你,永远健康与矜持的最和善的你,比我心理素质稳定得多也强大得多的你。你的武器你的盔甲就是平常。你追求平常心早在平常心成为口头禅之前许久。对于你,一切剥夺至多不过是复原,用文物保护的语言就叫做修旧如旧,或者如故如往如昔。一切诡计都是游戏与疏通,都是庸人自扰与歪打正着,都是过家家很好玩。我乐得地回到我自己那里,回到原点。它不可伤害我而且扰乱我。我用俄语唱遥远,用英语唱情怀,用维吾尔语唱眼睛,用不言不语唱景仰墓园。一切恶意都是求之不得,都是解脱,免得被认为是自行推脱。是解脱而不是推脱,是被推脱所以是天赐的解脱。一切诽谤都可以顺坡下驴,放下就是天堂。一切事变与遭遇都是踏破铁鞋无觅处,得来全不费工夫。叫做正中下怀,好了拜拜。那哥们儿永远够不着。因为,压根儿我就没有跟那哥们儿玩儿。

我的一生就是靠对你的诉说而生活。我永远喜欢冬尼亚与奥丽亚,你误会了,不是她。有两个小时没有你的电话我就觉察出了艰难。你永远和我在一起。那些以为靠吓人可以讨生活的嘴脸,引起的只是莞尔。世上竟有这样的自我欣赏嘴脸的人,所向无敌。那好人的真诚与善意使你不住地点头与叹息。那可笑至极的小鱼小虾米的表演也会使你忍俊不禁。

我们常常晚饭以后在一起唱歌,不管它唱的是兰花花、森吉德马、抗日、伟人、夜来香、天涯歌女，也有满江红与舒伯特的故乡有老橡树。反正它们是我们的青年时期，后来我们大了，后来我们老了，后来你走了。我不希望今天再划分与涂染歌曲的颜色，除非有人想搞左的或者右的颜色革命。我从来没有想到会是这样，从来不相信这是真的。但是你午夜来了电话，说锅里焖的米饭已经够了火候，你说："熟了，熟了"，你的声音坚实而且清晰，和昨天一样，和许多年前一样。你说你很好，我知道。你说已经不可能了，我不相信。我坚信可能，还有可能。初恋时我的电话是41414，有一次我等了你七个小时。而我忘记了你的宿舍电话号码。我顽强地一次、两次、一百次给你拨电话。你说，让过去的就永远过去吧，而我过不去，从十八岁到八十岁。我睁开眼睛，周围是电饭锅里的米饭气息，是你的仍然的声音，使我平和，使我踏实。

  生活就是这样，买米、淘米、洗菜、切菜，然后是各种无事生非与大言欺世。然后是永远的盎然与多情的人生，是对于愚蠢与装腔作势的忘记，是人的艰难一把把。然后是你最喜欢的我行我素与心头自有。然后是躺在病房里，ICU——重症监护室，不是ECU，不是洗车行驶定位器，也不是CEO——总经理或者行政总裁。美国总统候选人罗姆尼就被认定为CEO。你走得尊严而且平安。有各种管与线，机器，设备，然后拆除了这一切……我一次又一次地抚摸着的是铺天盖地的鲜花与舒曼的《童年》——梦幻曲。我亲了你的温柔与细软。那样的鲜花与那样的乐曲使我觉得人生就像一次抛砖引玉。是排练与演出，无须谢幕也不要鼓掌。

  我凝视着多年前的开幕式上各界送来的大大小小许多个花篮的痕迹。这里没有火起来，这里仍然有美好的记忆，即使网球场上养起了山羊，滑雪场上种植了桃林，近百岁的老媪唱着喝着，一个开发不成的故事，一个仍然交还给山野的故事。

  在山野，我们安歇。空山不空，夜鸟匆匆。你带给我们的人生的是永远的温存与丰满。

明年我将衰老

就在此时发现了旧稿，首写于 1972 年，那时我在"五七"干校里深造，精益求精、红了再红、红了半天却是倒栽葱。攀登高峰。我恭恭敬敬地写下了无微不至的生活。虽然威权能够也已经给生活打下了刻骨的烙印，但毕竟是生活笑纳了又抛弃了夸张的自吹自擂、吹胡子瞪眼。强力也许能扭曲人心，但毕竟是人心坚忍了也融化了哪怕是最富杀伤力的连天炮火。

我们有过 1919，1921，1927，1931……1949，1950 年代，我们也确实有过值得回味与纪念的 1960、1966、1970 年代。我们的生活不应该有空白，我们的文学不应该有空白，我们俩没有空白。高高的白杨树下维吾尔姑娘边嗑瓜子边说闲言碎语。明渠里的清水至少仍然流淌在四十年前的文稿的东西南北、上下左右。我们俩用白酒擦拭煤油灯罩，把灯罩擦拭得比没有灯罩还透亮。我们躺在一间五平方米的房间的三点七平方米的土炕上。我说我们俩是"团结、紧张、严肃、活泼"，这是林彪提倡的"三八作风"当中的那八个字。这八个字令你笑翻了天，我们是最幸福的一对。虽然那时候不作"你幸福吗？""不，我不姓符，我姓赵"的调查。我们都喜欢那只名叫花花的猫，它的智商情商都是院士级的。它与我们俩一起玩乒乓球。你还笑话我最贪婪的是"火权"，洋铁炉子，无烟煤，煤一烧就出现了红透了的炉壁，还有白灰，煤质差一点的则变成褐红色灰。煤灰延滞了与阻止了肆无忌惮的燃烧，却又保持了煤炭的温度，这就是自（我）封（闭）。一天以后，两天以后，据说还能够达到一周至半月以后，你打开火炉，你拨拉下煤灰，你加上新炭，十分钟后大火熊熊，火苗子带着风声，风势推动着火焰，热烈抚摸起你我的脸庞，我热爱这壮烈的却也是坚忍不拔、韬光养晦的煤与火种。冬火如花，冬火红鲜嫩。嫩得像 1950 年的文工团的脸。我最喜欢掌握的是燃烧与自封的平衡，是不止不息与深藏不露的得心应手。

还有庄稼地、苹果园、大渠小渠、麦场、高轮车、情歌民歌、水磨、蜂箱、瓜地里的高埂，还有砍土镘与苦镰，这是我们的共同岁月，共同见证，共同经历，共同记忆，像垒城砖一样地垒起煤块。你爱这些，我爱这些,打从心眼里,倒像我们是在漫游崭新的天地,寻求崭新的经验。倒像我们是徐霞客,是格里弗,是哥伦布,是没有撞过墙也没有变成浮雕的王子与公主。如果你是白雪公主,我是七个小矮人吗?如果你是灰姑娘我可不是举行舞会的王子。而2012对于我来说最惊人的最震撼的是当记忆不再被记忆,当往事已经如烟,当文稿已经尘封近四十年,当靠拢四十岁的当年作者已经计划着他的八十岁耄耋之纪元,当然,如果允许的话;就在这时,靠了变淡了的墨水与变黄变脆了的纸张的帮助,往事重新激活,往日重新出现,空白不再空白,生动永远生动,而美貌重新美貌,是你给了我这一切。

我还有一个化学的与商品的发现,纯蓝墨水经久颜色不变,蓝黑墨水,反而充满了沧桑感。

我们生活在剧变的时代,我们已经忘记或者被忘记。例如三十五年以前更不要说四五十年以前的旧事。我最欣赏的是江南人用普通话说"事情"的时候,情不会读成轻声,而是重重地读成事——情——,情是第二声。我们觉得今是而昨非,我们常常相信重今而轻昔才是最聪明最不伤心伤身伤气的选择。我们都听北京电视台养生堂的教训。养生会不会成为了国学的核心价值?北大教授说,国学就是国将不国之学。然而昨天也曾经是当时的今天,也曾经无比生动无比真实无比切肤,无比激越无比倾注无比火热,昨天不可能被遗忘就像今天不可能被明天消除干净了痕迹。是生活,是永远的生活。有稚嫩也是生活,有唐突也仍然是生活,有声嘶力竭也仍然是生活,被变形也仍然是广阔芜杂混浊而强硬的生活。稚嫩的唐突的声嘶力竭的生活同样可能是好小说,好的摇滚歌曲或者意大利歌剧罗曼斯咏叹。就像贫穷与苦难,悲惨与失落,对不起,乃至疾病与苦药水会是很好的文学一样。它们常常是比秀幸福骚快乐更好的小说。生活与记忆不可摧毁,直观与丰饶不可摧毁,何况贫穷与苦难当中仍然有勇敢的吟咏,失望与焦灼当中仍然会做出最动人的描摹,在墓碑前的伫立与面上的泪珠滚滚当中仍然有此生的甜蜜与感激。

谢谢你，一切。让我们假设它有回天之力雷霆之威来揉搓捏把生活，生活却更有力量来洗净它的力威，即使在它猛烈发作的时候，生活仍然显示着自己的不事慌张与无限情趣，自己的亲切与温暖。生活从前是这样，现在还是这样。你从前是这样，现在还是这样，呵，勇敢的人！浮雕从前是这样，现在还是这样。有一切苦涩与昏乱，有一切抒情与佯狂，有一切兴会与体贴。

呵，我当然自觉自愿地接受你的教诲，另外的什么人称之为洗脑，当我以我的方式与思路平静地接受一切新奇的大话的同时，当被洗脑者成群结队地大笑起来或欢呼起来以后，谁知道后面是什么吗？

你不知道。谁还是不知道。他也不知道，谁都不知道。谁们的共同点是自以为是，以为世界是手中的橡皮泥。谁们不知道，如果谁想改变一切，一切就会改变谁，如果谁想改变人家，人家已经在改变谁，如果谁想消除，谁同样是在消除自己。一个凶犯在首次作案以后，他改变了被害者的生活与轨道，也改变了、毁坏了他自己。一个童男子首次做爱以后，他当然也就是做了自己。

而且四十年前的书写就像今天的书写一样，它仍然和着心跳，和着吐纳，带着笑靥，带着享受，带着哪怕是枷锁与重负，忍着冤枉，忍着粗暴，笑对标语口号，冷对胡言乱语，情生淳厚质朴，仍然充溢着阳光与林荫，充溢着日子的一切琐屑实存、指望梦幻，摆出姿势，发出美声。带着重铐的时候我跳得那么好。没有放肆。我们一起拥抱，我们拥抱在一起，我们走进了时光隧道，如当初，如兹后，如三世佛，如永恒如无穷。

我们活得、记得、忆得十分真切，真切得像每平方米四角八分钱的住房。真切得像每斤九角六分的酱猪肉，像阔口瓶装的卤虾酱与翻扣在条肉上的霉干菜。真切得像一只落到树枝上的鸟在叫。真切得像我抚摸过的唯一的温暖。

时间，什么是时间，时间是什么？烟一样地飘散了。波纹一样地衰减、纤弱、安静、平息下来，不再有声响了。死一样地经过了哭号，经过了饮泣，经过了迎风伫立，经过了深深垂下的眼帘，忘却一样地失去了喜与悲、长与短、生与殁、有与无的区分了。时间仍然可能动人，时间仍然可能欢跃，时间仍然可能痛哭失声，痛定不再思痛。痛变为平静，平静不会轻易再变成痛，平静是痛与不痛的痊愈的伤口。请猜猜，伤口与什么词重码？太天才了！仓颉也有王永民。根据五笔型输入法，"伤口"等同于"作品"，它们具有同样的输入码：WTKK。

花朵枯萎了，也许有种子，种子也许发芽，长成小的、中的、大的、古的树。痛苦结尾了，有一抹微笑与宁馨。然后有一个符号，有一行字，有一点记载，然后电闪雷鸣，然后往事如狂，旧泪如注，然后凝结为作品，作品结了疤，你能不为作者而掉一滴滚烫的眼泪？语出《最宝贵的》。然后成为一片夹在笔记本里的树叶，一张照片，一个梦中的惦念与操持提醒，在若有若无之间，在若你若我之际。时间在等待相遇与相识，时间在等待知己与挚爱，等待抚摸与亲吻，时间在等待迷恋与融化，在等待阴阳二电激荡出雷鸣电闪。昨天与今天既相恋更相思，既苦涩又甜蜜。时间等待复活、审判、重温，像蓓蕾等待开放，像露水等待草籽，像钢琴等待击打，像礼花等待鲜艳的点火。上个世纪的生物学杂志报道：塔斯社列宁格勒讯：苏联科学院植物园的温室中出现了世界上最罕有的现象之一：一颗古代保留下来的莲子发了芽。这颗莲子是中国朋友送给他们的六颗种子之一。这些种子是在沈阳附近挖掘泥煤时发现的，这些种子已被保留了数千年。时间的精灵始终躲在我们的身畔，或者有突然的绚烂，或者有永久的谦和，以无声期待大的交响。或者只是轻轻地挠痒我们。它其实非常耐心，是幽默的悲壮。

沿路修起了许多路灯与扬声器，给灯火穿上树根的包装。你走了，留下了愿望，留下了施工的方式，留下了小木屋，启动阶段的投资。人生易老山难老，还在走，还在写，还在歌，还在山上。

然后是并非十分炎热的多雨的夏天。我以为我已经绝望，我以为我已经孤单与沉落。天亡我也，非"战"之罪。在新加坡我观赏过蓝天剧团演出的莫言的新编话剧《霸王别姬》。为什么到那么远的地方去看？它说，吕后爱的也是项羽，妹妹，你大胆地往前走！你在我这样的时候夺去我的另一个我。我喜欢过门《夜深沉》，我喜欢梅派唱腔"看大王，在帐中，和衣睡稳"，有一片青光……什么都没有，就有了战争、胜负、乌骓马与十面埋伏，还有更重要的：历史。

我以为此岁我可能抽筋或者呛水，可能供血不足，晕眩而且二目发黑。我想如果结束在海里也许并不比结束在 ICU 中更坏。当然，结束无好坏，大限无差别，无差、无等、无量、无觉、无恋栈。我每天十三点五十六分注视 CCTV13 新闻频道。我必须知道今天本水域的海水水温、浪高、水流（流读去声）。我已经告别了摄氏 14 度敢于下水的年月。对于海水，污染与杂质的抱怨都是铺天盖地，但我还是游了下来。连毒害都不怕，连永别都没有击倒在地，没有惧红也没有畏黑，还怕不太过度的肮脏吗？我什么没见过？什么没经过？历经坎坷，幽幽一笑。我喜欢红柳与胡杨。我喜欢山口的巨叶玻璃树。我喜欢苦楝与古槐。我喜欢合欢。我喜欢礁石上的尖利的贝壳残片，割体如刀，血色仍然如黄昏的落日。

仍然是在蓝天与白云之下，是在风雨阴晴之中，是在浪花拱动下，沐浴着阳光与雾气，沐浴着海洋的潮汐与波涌、洁净与污秽，向往着那边，这边，旁边，忍受着海蜇与蚊虫，接受着为了大业而施予的年益扩大的交通管制，环顾着挺立的松柏、盘错的丁香、不遗余力的街头花卉、鸣蝉的白杨、栖鸟的梧桐、大朵的扶桑、想象中盛开一回的高山天女木兰和一大片无际的荷莲。如果不是横在头上的高压线，那莲湖就是天堂佛国极乐。去年你在那里留了影，仍然丰匀而且健康，沉着中有些微的忧愁与比忧愁更强大的忍耐与平顺。

你和我一起，走到哪里，你的床我的床边，你的枕我的枕旁，你的声音我的耳际，你的温良我的一切方向。你的目光护佑着我游水，我仍然是一条笨鱼，一块木片，一只傻游的鳖。我有这一面，小时候羡慕了游泳，就游它一辈子，走到哪里都带上泳帽、泳裤、泳镜。一米之后就是两米，十米以后是二十米，然后一百米，二百米，仍然有拙笨的与缓慢的一千，我还活着，我还游着，我还想着，我还动着。活着就是生命的满涨，就是举帆，就是划桨，就是热度与挤拥，就是乘风破浪，四肢的配合与梦里的远航，还能拳击，膨膨膨，摇晃了一下，站得仍然笔直。哪怕紧接着是核磁共振的噪音，是叮叮、噗噗、当当、哒哒、咣咣、咻咻、得得、嘟嘟、嘻嘻、乒乒、乓乓、刷刷刷。是静脉上安装一个龙头，从龙头里不断滴注显像液体。是老与病的困扰，是我所致敬致哀致以沉默无语的医疗药剂科学。是或有的远方。一事无成两鬓白，多事有成两鬓照样不那么黑了，所差几何？必分轩轾。

然而我坚信我还活着，心在跳，只要没走就还活着，好好活着，只要过了地狱就是天国，只要过了分别就是相会，从前在一起，后来在一起，以后还是在一起。我仍然获得了蓬蓬勃勃的夏天，风、阳光、浓荫、暴雨、皮肤、沙、沫、潮与肌肉，胆固醇因曝光向维D演变，与咱们从前一样。而且因为你的不在而得到关心与同情，天地不仁，便更加无劳哭泣。过去是因为你的善待而得到友好，在与不在，你都在好好对待朋友。对待浅海滨。我去了三次，我喜欢踩上木栈道的感觉，也许光着脚丫子踩沙滩更好。去年是与你同去的，沙砾，风，海鸥，傍晚，我期待月出，我期待，更加期待繁星。我爱月夜，但我也爱星天。从前在家乡七八月的夜晚在庭院里纳凉的时候，我最爱看天上密密麻麻的繁星……这是巴金散文《繁星》里的文句，我会背诵的，不知道为什么，后来不止一个编辑给改成冰心新诗《繁星》（与《春水》），七十年前，我的国语（不叫语文）课本里有巴金的此文。

然而难得在海滨的夏天见到星月。云与雾，汽与灯光、霓虹、舰船上的照明，可能还有太多的游客与汽车使我一次次失望了。我许诺秋天再来，我没能来，我仍然忙碌着，根本不需要等待高潮的到来。有生活就有我的希望与热烈，就有我尚未履行的对于秋涛星月的约定。在秋与冬春，我与渤海互相想念。

你许诺了那瓶二锅头酒，你病中特意上山赠送给了老人家，我们素不相识。你在山野留下了友谊，你在山峰留下了酒香，你在朋友心里留下了永远的好意。

在我的记忆里已经有许多年没有在中秋夜看到团栾的美丽了。八月十五云遮月，正月十五雪打灯。头一天，月色尚好，我们一起吟唱苏东坡的《水调歌头》，第二天却是遍天的云霾。说的是去年。然后等到清爽到来，月色已经是后半夜的事了。已经许多年，我没有在深夜起床赏月，那时还在山村，深夜的清辉给了我们另一个世界，就像丁香花与紫罗兰给了我们另一种花事。

今年的天气很有意思，那么多阴雨，像拧干净了的衣巾，该晴的时候自然明朗绝尘。白云卷成鲸鱼，蓝天净成皓玉，这是展翅飞翔的最佳时机。一阵又一阵风，是洗濯也是擦拭，是含蓄也是抖擞，是清水也是明镜。今年的中秋月明如洗。这样的月夜里你数得清每一株庄稼与草，你看得清每一块坑洼与隆起，你摸得着每一枚豆粒大的石头，你看得清远方的山坡与松峰。你可以约会抱月的仙人与丢落棋子的老者，你可以孤独地走在山脚下，因为孤独而带几分得得，你已经被美女称为得得。我想守在你的碑前，你会悄悄地与我说闲话，不再是团结紧张严肃活泼，而是如诗如梦如歌如微风掠影。这时我听到了六十年前的那首歌曲，从前的从前，少壮的少壮，面对海洋的畅想，我们一起攀登分开了大西洋与印度洋的好望角的灯塔。我们看到了蓝鲸，我们看到了河马，我们看到了飞逐的象群，我们看到了猴子与鸵鸟的密集。河水在地上泛滥，女人生育了许多孩子，她们的皮肤像绸缎一样。她们浑圆，温热却又雄武。菜香蕉与木薯随时随地充饥。已经成立了共和国的前部落王室继续举行仪式。我听到了所有的情歌。那糯糯的声音，那哭号一样的表白，那重复一样的前行，那蓦然的停顿，那猝然的截止。

我多次与你说笑，我说我在梦中与一个黑皮肤的浑圆的柔道冠军争夺锦旗，你说我是以歪就歪不说真情。世界上有这样的男子吗？我的初恋是你。我的少年是你。我的颠沛流离是你。我的金婚是你。我的未有实现的钻石婚是你。你的唯一的对手是非洲冠军，是欧洲长跑，是俄罗斯与白俄罗斯网球手，是澳大利亚的鱼。我老了老了迷上了女子举重，期待着世界纪录打破者，举起，旋转，砰的一声，接在手里，或者粉碎在大地。我坚信你是我的女子举重手，我却够不上你的杠铃，也许我只是你的加上去就打破世界纪录的小铁片。请加上我。女权万岁！

世上有海，有风浪。海上有月和星星。我躺在海上入眠。阳光照得我睁不开眼，重复再重复的运作正好催眠。说海是起源，海是归结，海是摇篮，海是家园，海就是神祇。早春遇海，我们惺惺相惜。我只是怕你孤单。本来你可以不那么孤单。本来你可以与我相伴，就像星与月相伴，草与花相伴，沙与沫相伴，呼唤与回应相和，回忆与追思为伴。来啊！

月光是月亮的招手，星光是星星的眨眼，吹拂是风儿的抚摸。我欲乘风归去，我欲羽化登仙，我欲彩云追月，我欲登堂入室与你拥抱在一起。500年前我在深山里参拜，日月精华，山川灵秀，草木生机，狐兔欢跃，安宁当中有星月的低语，吐纳当中有天地的慰安。世界是你的胜寒居。

你可晓得，明年我将衰老？

五年前，那次也是在海边，在山路上，在欧洲与非洲，在秋叶树下。一个温顺的女孩子问我：你有洛丽塔情结吗？

我不知道她是不是真的想问我这个，因为那是一个午夜的节目，人们不大相信节目，已经有朋友打电话告诉我不要上传媒的当。80后90后告诉我说，传媒为了收视率有意识地渲染代沟与偏见，锯碗的戴眼镜，鸡蛋里挑骨头。我根本只是一笑。有沟无沟，有针尖对麦芒无麦芒对针尖，我仍然是我。宣布了什么命名了什么，谁红了谁白了，谁抄了谁没抄，全无意趣。我怜惜那些嘀嘀咕咕的宣布者，他们已经基本销声匿迹，像驶入海洋的纸船，像脱了线的纸鸢，像一声噩梦中的阴声冷笑，他们嘛也不懂，他们嘛也不会，他们嘛也没有。山里深秋，我感动于晴日清晨，复活过来的，头一晚上已经僵死过去的蝈蝈。它一醒就又叫唤起来了，然后第二天或者第三天还是悄悄汰去。我未能帮了你。

我说，我不知道什么是洛丽塔，她给我解释是说什么老男与少女的钟情。

那怎么能问我？我糊涂了或者装作糊涂了。鲁迅说，他们粗暴了或者将要粗暴了。我已经度过了、提前度过了青年时代、中年时代，我已经清醒多了所以糊涂了或者装作糊涂了或者其实恰到好处难得。

果然，已经到了时候。你记住的已经太多太多。我赶上了无风三尺土，有雨一街泥的刚刚安装有轨电车的年代。我常常走过胡同拐弯处的一处小宅院，高墙上安着电网，有时候电网上栖息着麻雀，黑大门上红油漆书写着对联，忠厚传家久，诗书继世长。树上的蝉叫得正是死去活来。小院对面的略显寒碜的、油漆脱落的院门上的对联，对于我来说有更多的依恋与普适情怀：又是一年芳草绿，依然十里杏花红。草枯黄了，又绿了起来。花儿早就落地与被遗忘了，然后倏然满街满树满枝地绚烂与衰败。尤其是春天，这副对联，令我幸福又伤感地颤抖，像挂在电线杆上的一只不能放飞的风筝。赶上了飒飒的春雨与从斜对面吹过来的小风。已经是七八十届芳草与杏花了。

我也赶上了在老教授家里看到书法与诗，日日好春风里过，令人梅雨忆家乡。前两句我死活想不起来了，也许第二句是"似雪翻飞天昏黄"，是说北方故都的粗粝的春天。当然与"江南好，风景旧曾谙"不一样。一枝垂柳一枝桃是别样风景。那时候古城夏日的雨后到处飞蜻蜓，青蛙与刺猬会进入四合院，夜间到处飘飞着萤火虫，一只青蛙爬到我的小屋里，它的眼神使我相信它有博士学位。而初夏的古槐上吊着青虫，每到春天到处卖鸡雏。孱鸡是一个不好的名称，百姓争养的是油鸡，是进口品种。我是为了省钱才步行到六站以外的公园里的。那里的杨树会响会唱会讲故事。我一次次经过那个继世长的小红门，听到水声轰轰地响。凉爽与水声同在。从来没有见到过它的门打开过，那里有不为人知的故事，是一个人老珠黄的美女，被金钱与威势所席卷。那个故事与故事的散落已经泯灭，那个故事还等待着我们的发现与转述辛酸。

经过迷茫，自以为是大明白，然后是《雾啊我的雾》，二战歌曲。然后是欲老未老，然后是不太敢于面对旧日的照片，然后大家都会静下来，我看到了我也看到了你，我们本来都在襁褓里。都说你有福相，从那时起。

有许多次我被离别，我不喜欢别离，离别的唯一价值是怀念聚首与期待下次重逢的欢喜。离别的美好是看到月亮以为你也在看月亮，同一个月亮。被离别时我常常深夜因呼唤而叫醒了自己，然后略略辗转。我呼唤的是你的名字。你有一个乳名，你不许我叫你。我们在春水与垂柳下见面，我们站在汉白玉桥下面，我们身旁有一壶一壶的茶水，一碟一碟瓜子。你闻到了水与鱼的气味，柳条与藤椅的气息。是一见钟情，那时候还没有忘记千里送京娘的流行歌曲。

醒来后的第一个感觉是我怎么已经活了那么久？我上了幼稚园，小学，初中，高中，当了第一名，干部，分子，队长，嘛跟嘛嘛……听取那么多赌咒发誓，说了太多的真话与不那么特别真实的话，费了那么多纸，三十岁的时候我蓦然心惊，原来如此。

这里有丽塔？洛塔？丽丽？塔塔？洛洛？不，不不，不不不，只要有你。我不想知道丽塔洛。

然后礼貌的女孩子问我，你有什么因为年老而产生的不那么舒服的感觉吗？例如记忆力的减退，例如体力的丧失……她果然很天真，她顺应了媒体的捉弄。

这果然是一个难以回答的问题，我说是的，我为什么要说是的？

我的头发那一年远远没有全白，现在也没有。我还在登山抛球与游泳，

明年我将衰老

我还在学俄文与英语歌曲，我还在奋键疾书，我还可以及时应对，一语中鹄。然而，我已经七十好几，我已经绝不年轻，我还有不错的肱二头肌、肱三头肌和胸肌，不比那些秀胸的国际政要差。后来我还从好声音那边学到了爱我如君，是说话也是唱歌，是诵读也是吟咏，像是大不列颠的梅花大鼓，像是欧洲的花小宝与籍薇。她就是阿黛尔：求求你不要忘记，我流下了眼泪。

我接受了媒体的套路与传播上的花式子。宁做一个易于上套的小傻子，不做一个麻木不仁却又怨气冲天的坏种，老辈人说比木头墩子多俩眼睛，可远远不止。

但我不想在摄像机前卖萌。

我岂可说不是的？世界是你们的，是他们的，是孩子们的，我早该隐退，谁让我还能连吃四五个狗不理包子，天津卫？

简单地说，在境外受过良好教育的女孩子问我，你不觉得你老了吗？我怎么敢说没有这回事。

我当然老了，岂止是老了，走了歇了去了别了如烟了西辞黄鹤楼了烟花三月下扬州了也是题中应有之义。潇洒走一回，潇洒老一回，是自然而然，是四时交替，昼夜有常。我也年轻过，万岁过，较过劲也开过花。你……你老过吗？

我回答：是的，也许是明年吧，明年我将衰老。

没有说出来的话：如果明年的衰老仍然不明显，那么就是明年的明年或明年的明年的明年衰老。衰老是肯定的，这不由我拍板，何时衰老我未敢过于肯定，这同样不听谁的批示：

这是多么快乐，

明年我将衰老，

这是多么平和，

今天仍然活着……

这是我最近十年说过的最好的话，最得得的话，明年我将衰老，今天仍然歌唱。她们偏偏删去了这话，从此我不再想搭理她们，虽然春节她们给我送过腊味。我不会原谅她们。我自行一次再一次地讲了这个故事，都说我的得得精彩，你删不动我，你摁不住咱。我在胜寒居里读老庄的书，有秋日的阳光灿烂，叫做虚室生白。我终于虚室了。

我看到了你，不是明年的衰老，而是今年的崆峒。位于甘肃省平凉市。这是一座早负盛名，却又常常被虚构成邪门歪道的山。它的样子太风格，它不像山而像狂人的愤怒雕塑。它太冒险，太高傲突兀，拔地而起，我行我素，压过了左邻右舍，不注意任何公关与上下联通、留有余地。空同不随和。悬崖峭壁，树木和道观，泾水和主峰，灌木和草丛，石阶、碑铭，牌坊，天梯，鹰，和山石合而为一的建筑与向往。天，天，天，云，云，云，与天合一，与云同存，再无困扰，再无因循。多么伟大的黄河流域！我在攀登，我在轻功，我在采摘，我看到了你……我看到了蝴蝶与鸟，我闻到的是针叶与阔叶的香气，我听到的是鸟声人声脚步声树叶刷拉拉。我这里有黄帝，有广成子，有衰老以前的肌肉，有不离不弃的生龙活虎，愿望、期待、回忆、梦、五颜六色、笑靥、构思策划、邀请函件，微信与善恶搞。有渐渐出场的喘气。当然不无咳嗽。本应该成为剑侠，本应该有仙人的超众。我将用七种语言为你唱挽歌转为赞美诗。我已经有了太极。即使明年我将衰老，现在仍是生动！明年我将离去，现在仍然这里。你走了，你还是你，谁也伤不了你。我攀登，我仍然山石继世长。哒哒哒哒，我听到了自己的拾级而上的脚步，我像一只小鸟一样地飞上了山峰，登上了云朵，我绕着空同——崆峒飞翔了又飞翔了。我仍然舍不得你，亲爱的。

我永远爱你。

大雨如注

毕宇飞 / 著

作者简介

　　毕飞宇，1964年生于江苏兴化。长篇小说《推拿》获第八届茅盾文学奖，《哺乳期的女人》获首届鲁迅文学奖，《玉米》获第三届鲁迅文学奖。现居南京。

大雨如注

一

丫头不像她的母亲,也不像她的父亲,她怎么就那么好看的呢。大院里粗俗一点的玩笑是这么开的:"大姚,不是你的种啊。"大姚并不生气。——粗俗的背后是赞美,大姚哪里能听不出来。他的回答很平静:"转基因了嘛。"

大姚是一位管道工,因为是师范大学的管道工,他在措词的时候就难免有些讲究。大姚很在意说话。——教授他见得多了,管道工他见得更多,这年头一个管道工和一个教授能有什么区别呢?似乎也没有。但区别一定是有的,在嘴巴上。不同的嘴说不同的话,不同的手必然拿不同的钱。舌头是软玩意,却是硬实力。

大姚和他的父亲一样,是一个有脑子的人,作为父亲,他希望别人夸他的女儿漂亮,可也不希望别人仅仅停留在"漂亮"上。大姚说:"一般般。主要还是气质好。"大姚的低调其实张狂,他铆足了力气把别人的赞美往更高的层面上引。所以说,两种人的话不能听:做母亲的夸儿子;做父亲的夸女儿。都是脸面上淡定、骨子里极不冷静的货。

大姚夸自己的女儿"气质好"倒也没有过,姚子涵四岁那一年就被母亲韩月娇带出去上"班"了,第一个班就是舞蹈班,是民族舞。舞蹈这东西可奇怪了,它会长在一个孩子的骨头缝里,能把人"撑"起来。什么叫"撑"起来呢?这个也说不好,可你只要看一眼就知道了,姚子涵的腰部、背部和脖子有一条隐性的中轴,任何时候都立在那儿。

姚子涵的身上还有许多看不见的东西。——她下过四年围棋,有段位。写一手明媚的欧体。素描造型准确。会剪纸。"奥数"竞赛得过市级二等奖。擅长演讲与主持。能编程。古筝独奏上过省台的春晚。英语还特别棒,美国腔。姚子涵念"Water"的时候从来不说"喔特",而是蛙音十足的"瓦特儿"。姚子涵这样的复合型人才哪里还是"琴棋书画"能够概括得了的呢。

最能体现姚子涵实力的还要数学业：她的学业始终稳定在班级前三、年级前十。这是骇人听闻的。附属中学初中部二年级的同学早就不把姚子涵当人看了，他们不嫉妒，相反，他们怀揣着敬仰，一律把姚子涵同学叫做"画皮"。可画皮决不2B，站有站相，坐有坐姿，亭亭玉立，是文艺青年的范儿。教导主任什么样的孩子没见过？不要说"画皮"，"人妖"和"魔兽"他都见过。但是，公正地说，无论是"人妖"还是"魔兽"，发展得都不如画皮这般全面与均衡。教导主任在图书馆的拐角处拦住画皮，神态像画皮的粉，问："你哪里有那么多时间和精力的呢？"偶像就是偶像，回答得很平常："女人嘛，就应该对自己狠一点。"

姚子涵对自己非常狠，从懂事的那一天起，几乎没有浪费过一天的光阴。和所有的孩子一样，这个狠一开始也是给父母逼出来的。可是，话要分两头说，这年头哪有不狠的父母？都狠，随便拉出来一个都可以胜任副处以上的典狱长。结果呢？绝大部分孩子不行，逼急了能冲着家长操家伙。姚子涵却不一样，她的耐受力就像被鲁迅的铁掌挤干了的那块海绵，再一挤，还能出水。大姚在家长会上曾这样控诉说："我们也经常提醒姚子涵注意休息，她不肯啊！"——这还有什么可说的。

二

米歇尔很守时。上午十点半，她准时出现在了大姚家的客厅里。大姚和米歇尔的相识很有趣，他们是在图书馆的女卫生间里认识的。大姚正在女卫生间里换水龙头，米歇尔叼着香烟，一头闯了进来，还没来得及点火，突然发现女卫生间里站着一个大个子的男人。米歇尔吓了一大跳，慌忙说了一声"堆（对）不起"，退出去了。只过了几秒钟，米歇尔晃悠悠地折回来了。她用左肩倚住门框，右手夹着香烟，扛到肩膀上去了，很挑衅地说："甩（帅）哥，想吃豆腐吧？"嗨，这个洋妞，连"吃豆腐"她都会说了。

大雨如注
da yu ru zhu

大姚说:"我不在卫生间吃东西,也不在卫生间抽烟。"大姚说话的同时指了指身上的天蓝色工作服,附带着用扳手敲了一通水管,误会就这么消除了。米歇尔有些不好意思,她把香烟卷在掌心,说:"本宫错了。"大姚笑笑,看出来了,是个美国妞,很健康,特自信。二十出头的样子,是个长不大的、爱显摆的活宝。大姚说:"知错能改,还是好同志。"

人和人就是这样的,一旦认识了,就会不停地见面。大姚和米歇尔在"卫生间事件"之后起码见过四五次,每一次米歇尔都兴高采烈,大声地把大姚叫做"甩哥",大姚则竖起大拇指,回答她"好同志"。

暑假之前大姚在一家煎饼铺子的旁边又和米歇尔遇上了。大姚握住手闸,一只脚撑在地上,把她挡住,直截了当,问她暑假里头有什么打算。米歇尔告诉大姚,她会一直留在南京,去昆剧院做义工。大姚对昆剧没兴趣,说:"我想和你谈笔生意。"米歇尔吊起眉梢,把大拇指、中指和食指撮在一起,捻了几下,——"你是说,沈(生)意?"

大姚说:"是啊,生意。"

米歇尔说:"我没做过沈(生)意了。"

大姚想笑,外国人就这样,说什么都喜欢加个"了"。大姚没有笑,说:"很简单的生意。我想请你陪一个人说话。"

米歇尔不明白,不过马上就明白了,——有人想练习英语口语,想来是这么回事。

"和谁?"米歇儿问。

"一位公主。"大姚说。

美国佬真够呛,他们从来都不能把问题存放在脑袋里,慢慢盘,细细算,非得堆在脸上。经过嘴角和眉梢的一番运算,米歇尔知道"公主"是什么意思了。她刻意用生硬的"鬼子汉语"告诉大姚:"我的明白,皇上!"

不过,米歇尔即刻把她的双臂抱在乳房的下面,盯着大姚,下巴慢慢地挪到目光相反的方向。她刻意做出风尘气,调皮了,"我很贵了,你的明白？"

　　大姚哪能不知道价格，他压了压价码，说："一小时八十。"

　　米歇尔说："一百二。"

　　"一百。"大姚意味深长地说，"人民币很值钱的。——成交？"

　　米歇尔当然知道了，这年头人民币很值钱的了，一小时一百了，说说话了，很好的价格了，米歇尔满脸都是牙花："为什么不呢？"

　　客厅里的米歇尔依旧是一副快乐的样子，有些兴奋，不停地搓手，她的动态使米歇尔看上去相当"大"，客厅一下子就小了。大姚十分正式地让她和公主见了面。公主在小学毕业的那个暑假接受过很好的礼仪训练，她的举止相当好，得体，高贵，只是面无表情，仿佛被米歇尔"挤"了一下。大姚注意到了，女儿的脸上历来没有表情，她的脸和内心没关系，永远是那种"还行"的样子。高贵而又肃穆的公主把米歇尔请进了自己的闺房，大姚替她们掩上门，却留了一道门缝。他想听。听不懂才更要听。对一个做父亲的来说，还有什么比听不懂女儿说话更有成就感的呢。大姚津津有味的，世界又大又奇妙。

　　大姚忙里偷闲，对着老婆努努嘴，韩月娇会意了。这个师范大学的花匠套上袖管，当即包起了饺子。昨天晚上这对夫妇就商量好了，他们要请美国姑娘"吃一顿"。大姚和他的老子一样，精明，从来不做亏本的买卖。他的小算盘是这么盘算的：他们请米歇尔做家教的时间是一个小时，可是，如果能把米歇尔留下来吃一顿饺子，女儿练习口语的时间实际上就成了两小时。

　　大姚早就琢磨女儿的口语了。女儿的英语超级棒，大考和小考的成绩在那儿呢，错不了。可是，就在去年，吃午饭的时候，大姚无意之中瞥了一眼电视，是一档中学生的英语竞赛节目。看着看着，大姚恍然大悟

大雨如注
dà yǔ rú zhù

了,——姚子涵所谓的"英语好",充其量也只是落实在"手上",远远没有抵达"舌头",换句话说,还不是"硬实力"。大姚和韩月娇一起盯住了电视机。这一看不要紧,一看,大姚和韩月娇都上瘾了。作为资深的电视观众,大姚、韩月娇和全国人民一样,都喜欢一件事,这件事叫"PK"。这是一个"PK"的年头,唱歌要"PK",跳舞要"PK",弹琴要"PK",演讲要"PK",连相亲都要"PK",说英语当然也要"PK"。就在少儿英语终极"PK"的当天,大姚诞生了"好孩子"的新标准和新要求,简单地说:一,能上电视,二,经得起"PK"。这句话还可以说得更加明朗一点:经历过PK能"活到最后"的孩子才是真正的好孩子,倒下去的最多只能算个烈士。

入夜之后大姚和韩月娇开始了他们的策划,他们是这样分析的:由于他们的疏忽,姚子涵在小学阶段并没有选修口语班,如果以初中生的身份贸然参加竞赛,"海选"能否通过都是一个问题。但是没关系。只要姚子涵在初中阶段开始强化,三年之后,或四年之后,作为一个高中生,姚子涵一样可以在电视机里酝酿悲情,她会答谢她的父母的。一想起姚子涵"答谢父母"这个动人的环节,韩月娇的心突然碎了,泪水在眼眶里头直打圈。——她和孩子多不容易啊,都不容易,实在是不容易。

几乎就在米歇尔走出姚子涵房门的同时,韩月娇的饺子已经端上饭桌了。韩月娇从来没有和国际友人打过交道,似乎有些不好意思。不好意思有时候反而就是莽撞,她对米歇尔说:"吃!饺子!"大姚注意到了,米歇尔望着热气腾腾的饺子,吃惊的程度一点也不亚于女厕所的那一次,脸都涨红了。米歇尔张开她的长胳膊,说:"这怎么好意思了!"听到米歇尔这么一说,大姚当即就成外交部的发言人了,中国人民的文化立场他必须阐述。大姚用近乎肃穆的口吻告诉米歇尔:"中国人向来都是好客的。"

"党(当)然,"米歇尔说,"党(当)然,"米歇尔似乎也肃穆了,她重申:"党(当)然。"

米歇尔却为难了。她有约。她在犹豫。米歇尔最终没能斗得过饺子上空的热气，她掏出手机，对朋友说，她要和三个中国人开一个"小会"了，她要"晚一会儿才能到"了。嗨，这个美国妞，也会撒谎了，连撒谎的方式都带上了地道的中国腔。

这顿饺子吃得却不愉快。关键的一点在于，事态并没有朝着大姚预定的方向发展。就在宴会正式开始之前，米歇尔发表了一大堆的客套话，当然，用的是汉语。大姚便看了女儿一眼，其实是使眼色了。姚子涵是冰雪聪明的，哪里能不明白父亲的意思。她立即用英语把米歇尔的话题接了过来。米歇尔却冲着姚子涵妩媚地笑了，她建议姚子涵"使用汉语"。她强调说，在"自己的家里"使用外语对父母亲来说是"不礼貌的"。当然，米歇尔也没有忘记谦虚："我也很想向你学习罕（汉）语了。"

这可是大姚始料未及的。米歇尔陪姚子涵说英语，大姚付了钱的。现在倒好，姚子涵陪米歇尔说汉语，不只是免费，还要贴出去一顿饺子。这是什么事？

韩月娇迅速地瞥了丈夫一眼。大姚看见了。这一眼自然有它的内容。责备倒也说不上，但是，失望不可避免。——大姚算计到自己的头上来了。

米歇尔一离开大姚就发飙了。他想骂娘，可是，在女儿的面前，大姚也骂不出来，沉默寡言的女儿在任何时候都对大姚有威慑力。这让他很憋屈。憋屈来憋屈去，大姚的痛苦被放大了。大姚毕竟在高等学府工作了十多年，早就学会宏观地看待自己的痛苦了。大姚很沉痛，对姚子涵说："弱国无外交，——为什么吃亏的总是我们？"

韩月娇只能冲着剩余的几个饺子发愣。热腾腾的气流已经没有，饺子像尸体，很难看。姚子涵却转过身，捣鼓她的电脑和电视机去了。也就是两三分钟，电视屏幕上突然出现了姚子涵与米歇尔的对话场面，既可以快进，也可以快退，还可以重播。——刻苦好学的姚子涵同学已经把她和米歇尔的会话全部录了下来，任何时候都可以拿出来模仿和练习。

大姚盯着电视，开心了，是那种穷苦的人占了便宜之后才有的大喜悦。因为心里头的弯拐得过快，过猛，他的喜悦一下被放大了，几乎就是狂喜。大姚紧紧搂住女儿，没轻没重地说："祖国感谢你啊！"

三

晚上七点是舞蹈班的课。姚子涵没有让母亲陪同。她一个人骑着自行车，出发了。韩月娇虽说是个花工，几乎就是一个闲人，她唯一的兴趣和工作就是陪女儿上"班"。姚子涵小的时候那是没办法，如今呢，韩月娇早就习惯了，反过来成了她的需要。然而，暑假刚刚开始，姚子涵明确地用自己的表情告诉他们，她不允许他们再陪了。大姚和韩月娇毕竟是做父母的，女儿的脸上再没有表情，他们也能从女儿的脸上知道自己该做什么。

凉风习习，姚子涵骑在自行车上，心中充满了纠结。她不允许父母陪同其实是事出有因的，她在抱怨，她在生父母的气。——同样是舞蹈，一样地跳，母亲当年为什么就不给自己选择国际标准舞呢？姚子涵领略"国标"的魅力还是不久前的事。"国标"多帅啊，每一个动作都咔咔咔的，有电。姚子涵只看了一眼就爱上了。她咨询过自己的老师，现在改学"国标"还行不行。老师的回答很模糊，也不是不可以。但是，动作这东西就这样，练到一定的火候就长在身上了，练得越苦，改起来越难。姚子涵在大镜子面前尝试着做过几个"国标"的动作，不是那么回事。过于柔美、过于抒情了，是小家碧玉的款。

还有古筝。他们当初怎么就选择古筝了呢？从什么时候开始的呢？姚子涵开始痴迷于"帅"。她不再喜爱在视觉上"不帅"的事情。姚子涵参加过学校里的一场音乐会，拿过录像，一比较，她的独奏寒碜了。古筝演奏的效果甚至都不如一把长笛。更不用说萨克斯管和钢琴了。既不颓废，又不ＮＢ。姚子涵感觉自己猥琐了，上不了台面。

傍晚的风把姚子涵的短发撂起来了，她眯起了眼睛。姚子涵不只是抱怨，不只是生气，她恨了。他们的眼光是什么眼光？他们的见识是什么见识？——她姚子涵吃了多少苦啊。吃苦她不怕，只要值得。姚子涵最郁闷的地方还在这里：她还不能丢，都学到这个地步了。姚子涵就觉得自己亏。亏大发了。她的人生要是能够从头再来多好啊，她自己做主，她自己设定。现在倒好，姚子涵的人生道路明明走岔了，还不能踩刹车，也不能松油门。飚吧。人生的凄凉莫过于此。姚子涵一下子就觉得老了，凭空给自己的眼角想象出一大堆的鱼尾纹。

说来说去还是一个字，钱。她的家过于贫贱了。要是家里头有钱，父母当初的选择可能就不一样了。就说钢琴吧，他们买不起。就算买得起，钢琴和姚子涵家的房子也不般配，连放在哪里都是一个大问题。

但是，归根到底，钱的问题永远是次要的，关键还是父母的眼光和见识。这么一想姚子涵的自卑涌上来了。所有的人都能够看到姚子涵的骄傲，骨子里，姚子涵却自卑。同学们都知道，姚子涵的家坐落在师范大学的"大院"里头，听上去很好。可是，再往深处，姚子涵不再开口了，——她的父母其实就是远郊的农民。因为师范大学的拆迁、征地和扩建，大姚夫妇摇身一变，由一对青年农民变成师范大学的双职工了。为这事大姚的父亲可没有少花银子。

自卑就是这样，它会让一个人可怜自己。姚子涵，著名的画皮，百科全书式的巨人，觉得自己可怜了。没意思。特别没意思。她吃尽了苦头，只是为自己的错误人生夯实了一个错误的基础。回不去的。

多亏了这个世上还有一个"爱妃"。"爱妃"和姚子涵在同一个舞蹈班，"妖怪"级的二十一中男生，挺爷们的。可是，舞蹈班的女生偏偏就叫他

"爱妃"。"爱妃"也不介意，笑起来红口白牙。

姚子涵和"爱妃"谈得来倒也不是什么特殊的原因，主要还是两个人在处境上的相似。处境相似的人未必就能说出什么相互安慰的话来，但是，只要一看到对方，自己就轻松一点了。"爱妃"告诉姚子涵，他最大的愿望就是发明一种时空机器，在他的时空机器里，所有的孩子都不是他们的父母的，相反，孩子拥有了自主权，可以随意选择他们的爹妈。

下"班"的路上姚子涵和"爱妃"推着自行车，一起说了七八分钟的话。就在十字路口，就在他们分手的地方，大姚和韩月娇把姚子涵堵住了。他们两人十分局促地挤在一辆电动自行车上，很怪异的样子。姚子涵一见到他们就不高兴了，又来了，说好了不要你们接送的。

姚子涵的不高兴显然来得太早了，此时此刻，不高兴还轮不到她。她一点都没有用心地看父亲和母亲的表情。实际的情况是这样的，韩月娇神情严峻，而大姚的表情差不多已经走样了。

"你什么意思？"大姚握紧刹车，劈头盖脸就是这样一句。

"什么什么意思？"姚子涵说。

"你不让我们接送是什么意思？"大姚说。

"什么我不让你们接送是什么意思？"姚子涵说。

这样的车轱辘话毫无意思，大姚直指问题的核心，——"谁允许你和他谈的？"大姚还没有来得及等待姚子涵的回答，即刻又追问了一句，"谁允许你和他谈的？"

姚子涵并没有听懂父亲的话，她望着父亲。大姚很克制，但是，父亲的克制极度脆弱，时刻都有崩溃的危险性。

和课堂上一样，姚子涵是不需要老师问到第三遍的时候才能够理解的。姚子涵听懂父亲的话了，她扶着龙头，轻声说："对不起，请让开。"

和大姚的雷霆万钧比较起来，姚子涵所拥有的力气最多只有四两。奇迹就在这里，四两力气活生生地把万钧的气势给拨开了。她像瓶子里的纯净水一样淡定，公主一般高贵，公主一般气定神闲，高高在上。

女儿的傲慢与骄傲足以杀死一个父亲。大姚叫嚣道："不许你再来！"这等于是胡话，他崩溃了。

姚子涵已经从助力车的旁边安安静静地走过了。可她突然回过了头来，这一次的回头一点也不像一个公主了，相反，像个市井小泼妇。"我还不想来呢，"姚子涵说，她漂亮的脸蛋涨得通红，她叫道，"有钱你们送我到'国标'班去！"

姚子涵的背影在路灯的底下消失了，大姚没有追。他把他的电动自行车靠在了马路边上，人已经平静下来了。可平静下来的难过才是真的难过。大姚望着自己的老婆，像一条出了水的鱼，嘴巴张开了，闭上了，又张开了，又闭上了。女儿到底把话题扯到"钱"上去了，她终于把她心底的话说出来了，这是迟早的事。随着丫头年纪的增长，她越来越嫌这个家寒碜了，越来越瞧不起他们做父母的了，大姚不是看不出来。他有感觉，光上半年大姚就已经错过两次家长会了。大姚没敢问，他为此生气，更为此自卑。自卑是一块很特殊的生理组织，下面都是血管，一碰就血肉模糊。

大姚难受，却更委屈。这委屈不只是这么多年的付出，这委屈里头还蕴含着一个惊人的秘密：大姚不是有钱人，可大姚的家里有钱。这句话有点饶舌了，大姚真的不是有钱人，可大姚的家里真的有钱。

大姚的家怎么会有钱的呢？这个话说起来远了，一直可以追溯到姚子涵出生的那一年。这件事既普通、又诡异，——师范大学征地了。师范大学一征地，大姚都没有来得及念一句"阿弥陀佛"，立地成佛了。大姚相信了，这是一个诡异的时代，这更是一片诡异的土地。

这得感谢大姚的父亲，老姚。这个精明的老农民早在儿子还没有结婚的时候就发现了：城市是新婚之夜的小鸡鸡，它大了，还会越来越大，迟早会戳到他们家的家门口。他们家的宅基地是宝，不是师范大学征，就是理工大学征；不是高等学府征，就是地产老板征。一句话，得征。其实，知道这个秘密的又何止老姚一个人呢？都知道。问题是，人在看到钱景的时候时常失去耐心，好动，喜欢往钱上扑，一扑，你就失去位置了。他告诉自己的儿子，哪里都不能去，挣来的钱都是小钱，等来的才是大家伙，靠流汗去挣钱，是天下最愚蠢的办法。——有几个有钱人是流汗的？你就坐在那里，等。他坚决摁住了儿子进城买房的愚蠢冲动，绝不允许儿子把户口迁到城里去。他要求自己的儿子就待在远郊的姚家庄，然后，一点一点地盖房子。再然后呢？死等、死守。"我就不信了，"老农民说，"有钱人的钱都是自己挣来的。"

大姚的父亲押对了，赌赢了。他的宅基地为他赢钱了。那可不是一般的钱，是像模像样的一大笔钱，很吓人。赢了钱的老爷子并没有失去冷静，他把巨额财产全部交给了儿子，然后，说了三条：一，人活一辈子都是假的，全为了孩子，我这个做父亲的让你有了钱，我交代了。二，别露富。你也不是生意人，有钱的日子要当没钱的日子过。三，你们也是父母，你们也要让你们的孩子有钱，可他们那一代靠等是不行的，你们得把肚子里的孩子送到美国去。

大姚不是有钱人，但是，大姚家有钱了。像做了一个梦，像变了一个戏法。大姚时常做数钱的梦，一数，自己把自己就吓醒了。每一次醒来大姚都挺高兴，也累，回头一想，却更像做了一个噩梦。

——现在倒好，个死丫头，你还嫌这个家寒碜了，还嫌穷了。你懂什么哟？你知道生活里头有哪些弯弯绕？说不得的。

韩月娇也挺伤心，她在犹豫，"要不，今晚就告诉她，咱们可不是穷人家。"

"不行",大姚说。在这个问题上大姚很果断,"绝对不行。——贫寒人家出俊才,纨绔子弟靠不住。我还不了解她,一告诉她她就泄了气。她要是不努力,屁都不是。"

可大姚还是越想越气,越气越委屈。他对着杳无踪影的女儿喊了一声:"我有钱!你老子有钱哪!"

终于喊出来了,可舒服了,可过了瘾了。

一个过路的小伙子笑笑,歪着头说:"我可全听见了哈。"

四

哎,这个米歇尔也真是,就一个小时的英语对话,非得弄到足球场上去。这么大热的天,也不怕晒。丫头平日里最怕晒太阳了,可她拉着一张脸,执意要和米歇尔到足球场上去。还是气不顺,执意和父母亲过不去的意思。行,想去你就去。反正家里的气氛也不好,死气沉沉的。只要你用功,到哪里还不是学习呢。

艳阳当头,除了米歇尔和姚子涵,足球场空无一人。虽说离家并不远,姚子涵却从来不到这种地方来的。——姚子涵被足球场的空旷吓住了,其实是被足球场的巨大吓住了,也可以说,是被足球场的鲜艳吓住了。草皮一片碧绿,碧绿的四周则是酱红色的跑道,而酱红色的跑道又被白色的分界线割开了,呼啦一下就到了那头。最为缤纷的则要数看台,一个区域一个色彩。壮观了,斑斓了。恢宏啊。姚子涵打量着四周,有些晕,想必足球场上的温度太高了。

米歇尔告诉姚子涵,她在密歇根是一个"很好的"足球运动员,上过报纸呢。她喜欢足球,她喜欢这项"女孩子"的运动。姚子涵不解了,足球怎么能是"女孩子"的运动呢。米歇尔解释说,当然是。男人们只喜欢"橄榄球",她一点都不喜欢,它"太野蛮"了。

大雨如注
da yu ru zhu

　　她们在对话，或者说，上课，一点都没有意识到阳光已经柔和下来了。等她们感觉到凉爽的时候，乌云一团一团的，正往上拱——来不及了，实在来不及了，大暴雨说来就来，用的是争金夺银的速度。姚子涵一个激灵，捂住了脑袋，却看见米歇尔敞开怀抱，仰起头，对着天空张开了一张大嘴。天哪，那可是一张名至实归的大嘴啊，又吓人又妖魅。雨点砸在她的脸上，反弹起来了，活蹦乱跳。米歇尔疯了，大声喊道："爱——情——来——了！"话音未落，她已经全湿了，两只吓人的大乳房翘得老高。

　　"爱情来了"，这句话匪夷所思了。姚子涵还没有来得及问，米歇尔一把抓住她，开始疯跑了。暴雨如注，都起烟了。姚子涵只跑了七八步，身体内部某一处神秘的部分活跃起来了，她的精神头出来了。如果不是身临其境，姚子涵这辈子也体会不到暴雨的酣畅与迷人。这是一种奇特的身体接触，仿佛公开之前的一个秘密，诱人而又揪心。

　　雨太大了，几分钟之后草皮上就有积水了。米歇尔撒开手，突然朝球门跑去，在她返回的时候，她做出了进球之后的庆祝动作。她的表情狂放至极，结束动作是草地上的一个剧烈的跪滑。这个动作太猛了，差一点就撞到姚子涵的身上。在她的身体静止之后，两只硕大的乳房还挣扎了一下。"——进啦！"，她说，"——进球啦！"米歇尔上气不接下气了，大声喊道，"你为什么不庆祝？"

　　当然要庆祝。姚子涵跪了下去，水花四溅。她一把抱住了米歇尔，两个队友心花怒放了。激情四溢，就如同她们刚刚赢得了世界杯。这太奇妙了！这太牛掰了！所有的一切都是无中生有的，栩栩如真。

　　雨越下越猛，姚子涵的情绪点刹那间就爆发了，特别想喊点什么。兴许是米歇尔教了她太多的"特殊用语"，姚子涵甚至都没有来得及过脑子，脱口就喊了一声脏话："你他妈真是一个荡妇！"

　　米歇尔早就被淋透了，满脸都是水，每一根头发上都缀满了流动的水珠子。虽然隔着密密麻麻的雨，姚子涵还是看见米歇尔的嘴角在乱发的背后缓缓分向了两边。有点歪。她笑了。

　　"我是。"她说。

雨水在姚子涵的脸上极速地下滑。她已经被自己吓住了。如果是汉语，打死她她也说不出那样的话的。外语就是奇怪，说了也就说了。然而，姚子涵内心的"翻译"却让她不安了，她都说了些什么哟。或许是为了寻找平衡，姚子涵握紧了两只拳头，仰起脸，对着天空喊道：

"我他妈也是一个荡妇！"

两个人笑了，都笑得停不下来了。暴雨哗哗的，两个小女人也笑得哗哗的，差一点都缺了氧。雨却停了。和它来的时候毫无预兆一样，停的时候也毫无预兆。姚子涵多么希望这一场大雨就这么下下去啊，一直下下去。然而，它停了，没了，把姚子涵光秃秃、湿淋淋地丢在了足球场上。球场被清洗过了，所有的颜色都呈现出了它们的本来面貌，绿就翠绿，红就血红，白就雪白，像触目惊心的假。

五

姚子涵是在练习古筝的时候意外晕倒的。因为摔在了古筝上，那一下挺吓人的，"咣"的一声，压断了好几根琴弦。她怎么就晕倒了呢？也就是感冒了而已，感冒药都吃了两天了。韩月娇最为后悔的就是不该让孩子发着这么高的烧出门。可是话又说回来，这孩子一直都是这样，也不是头一回了。一般的头疼脑热她哪里肯休息，她一节课都不愿意耽搁。"别人都进步啦！"这是姚子涵最喜欢挂在嘴边的一句话，通常是跺着脚说。韩月娇最心疼这个孩子的就在这个地方，当然，最为这个孩子自豪和骄傲的也在这个地方。

大姚和韩月娇赶来的时候姚子涵已经处于半昏迷状态，她吐过了，胸前全是腐烂的晚饭。大姚从来没见过自己的心肝宝贝这样，大叫了一声，哭了。韩月娇倒是没有慌张，她有板有眼地把孩子擦干净。知女莫如娘，这孩子她知道的，爱体面，不能让她知道自己吐得一身脏，她要是知道了，少不了三四天不和你说话。

可看起来又不是感冒。姚子涵从小就多病，医院里的那一套程序韩月娇早就熟悉了，血象多少，温度多少，吃什么药，打什么样的吊瓶，韩月娇有数。这一次一点都不一样，护士们什么都不肯说。从检查的手段上来看，也不是查血象的样子。那根针长得吓人了，差不多有十公分那么长。大姚和韩月娇隔着玻璃，看见护士把姚子涵的身体翻了过去，拉开裙子，裸露出了姚子涵的后腰。护士捏着那根长针，对准姚子涵腰椎的中间部位穿了进去。流出来的却不是血，像水，几乎就是水，三四毫升的样子。大姚和韩月娇又心急又心疼，他们从一连串的陌生检查当中能感受到事态的严重程度。两个小时之后，事态的严重性被仪器证实了。脑脊液检查显示，姚子涵脑脊液的蛋白数量达到了890，远远超出450的正常范围；而细胞数则达到了惊人的560，是正常数目的56倍。医生把这组数据的临床含义告诉了大姚："脑实质发炎了。脑炎。"大姚不知道"脑实质"是什么，但"脑炎"他知道，一屁股坐在了医院的水磨石地面上。

六

姚子涵从昏迷当中苏醒过来已经是一个星期之后了。对大姚和韩月娇而言，这一个星期生不如死。他们守护在姚子涵的身边，无话，只能在绝望的时候不停地对视。他们的对视是鬼祟的，惊悚的，夹杂着无助和难以言说的痛楚。他们的每一次对视都很短促。他们想打量，又不敢打量，对方眼睛里的痛真让人痛不欲生。他们就这么看着对方的眼窝子陷进去了，黑洞洞的。他们在平日里几乎就不拥抱，但是，他们在医院里经常抱着。那其实也不能叫抱，就是借对方的身体撑一撑，靠一靠。不抱着谁都撑不住的。他们的心里头有希望，但是，随着时间一点一点推移，他们的希望也在一点一点降低。他们别无所求，最大的奢求就是孩子能够睁开眼睛，说句话。只要孩子能叫出来一声，他们可以死，就算孩子出院之后被送到孤儿院去他们也舍得。

米歇尔倒是敬业,她在大姚家的家门口给大姚来过一次电话。一听到米歇尔的声音大姚的气就不打一处来了。要不是她执意去足球场,丫头哪里来的这一场飞来横祸。可把责任全部推到她的身上,理由也不充分。大姚毕竟是师范大学的管道工,他得体,极其礼貌地对手机说:"请你不要再打电话来了。"他掐断了电话,想了想,附带着把米歇尔的手机号码彻底删除了。

人的痛苦永远换不来希望,但苍天终究还是有眼的。第六天的上午,准确地说,凌晨,姚子涵终于睁开她的双眼了。最先看到孩子睁开眼睛的是韩月娇,她吓了一跳,头皮都麻了。但她没声张,没敢高兴,只是全神贯注地盯着孩子,看,看她的表情,看她的眼神。苍天哪,老天爷啊,孩子的脸上浮现出微笑了,她在对着韩月娇微笑,她的眼神是清澈的,活动的,和韩月娇是有交流的。

姚子涵望着她的母亲,两片嘴唇无力地动了一下,喊了声"妈"。韩月娇没有听见,但是,她从嘴巴上看得出,孩子喊妈妈了,喊了,千真万确。韩月娇的应答几乎就像吐血。她不停地应答,她要抓住。大姚有预感的,已经跟了上来。姚子涵清澈的目光从母亲的脸庞缓缓地挪到父亲的脸上去了,她在微笑,只是有些疲惫。这一次她终于说出声音来了。

"Dad。(爸)"

"什么?"大姚问。

"Where is this place"(这是在哪儿?)姚子涵说。

大姚愣了一下,脸靠上去了,问:"你说什么?"

"Please tell me, what happened? Why am I not at home? God, why do you guys look so thin? Have you been doing very tough work? Mum, if you don't mind, please tell me if you guys are sick?"(请告诉我,发生什么了?我为什么没在家里?上帝啊,你们为什么都这么瘦?很辛苦吗?妈妈请你告诉我如果你不介意的话,——你们生病了吗?)

大姚死死地盯住女儿,她很正常,除了有些疲惫。——女儿这是什么意思呢？她怎么就不能说中国话的呢？大姚说："丫头，你好好说话。"

"Thank you, boss, thank you very much to give me this good job and with decent payment, otherwise how can I afford to buy a piano? I still feel it's too expensive, but I like it."（谢谢你老板，感谢你给我这份体面的工作，当然，还有体面的薪水，要不然我怎么可能买得起钢琴。我还是要说，它太贵了，虽然我很喜欢。）

"丫头，我是爸爸。你好好说话，"大姚的目光开叉了，他扛不住了，尖声说："医生！"

"Thank you very much for all the respectable judges. I am happy to be here. May I have a glass of water? Looks like my expression isn't clear, if you like, I would like to repeat what I've said, Okay, may I have a glass of water? Water. God."（感谢所有的评委，非常感谢。我很高兴来到这里。——可以给我一杯水吗？看起来我的表达不是很清楚，那我只好把我的话再重复一遍了，假如重复并不会使我看上去有些愚蠢的话，OK，——可以给我一杯水吗？水。上帝啊。）

大姚伸出手，捂住了女儿的嘴巴。虽说听不懂，可他实在不敢再听了。大姚害怕极了，简直就是惊悚。过道里传来了急促的脚步声，大姚呼噜一下就把上衣脱了。他认准了女儿需要急救，需要输血。他愿意切开自己的每一根血管，直至干瘪成一具骷髅。

透 明

蒋一谈／著

作者简介

蒋一谈,小说家、诗人、出版人。祖籍浙江嘉兴,生于河南商丘。1991年毕业于北京师范大学中文系。读图时代公司创始人。获得首届林斤澜·优秀短篇小说家奖等。

透 明

tou ming

　　这个男孩叫我爸爸，我不是他的亲爸爸。他这样叫我，希望我能像对待亲生儿子那样对待他，可是我现在做不到，不知道以后能不能做到。我没有儿子，只有一个女儿，她今年五岁，和我前妻生活在一起。

　　男孩比我女儿大两个月，帮我点过烟、倒过茶，还帮我系过鞋带。我心里挺高兴，对他却亲近不起来。我对他说谢谢，他会摆摆手，说不客气。我在想，他以前也是这样对待爸爸的吗？我最终没有问他，还是找机会问问他的妈妈吧。

　　他的妈妈，也就是我现在的情人杜若，三年前和朋友一起创办了一家西式茶餐厅。我们在一次朋友聚会上相识，后来开始交往，彼此之间也有了好感。一段时间之后，她主动向我表白，希望能生活在一起。可是我对婚姻生活有了恐惧。我的前妻曾这样评价我："你不适合结婚，应该一个人生活，你还没有成熟。"

　　我知道女人需要什么样的成熟男人。我承认，我对现实生活有种恐惧和虚弱感，害怕去社会上闯荡，不愿意去竞争。每周总有那么一两天，我拿着公文包上班，走进地铁站，被潮水般的人流拥挤，恐惧和虚弱感会增强很多。

　　我每天按时上下班，在家里负责做饭、洗碗、打扫卫生。我喜欢待在家里上网、看书、看电视，不喜欢和朋友同事交往。我还是一名文学爱好者，喜欢写小说，写给自己，从不投稿。每到周末，我会带着女儿去公园或者图书馆。我喜欢这样的家庭生活，平平淡淡的居家日子才能让我有踏实感和安全感。

　　有一点真实却又奇怪，我爱女儿，可是在女儿四岁大的时候，我才有做父亲的微弱感受。看着眼前这个小女孩，我的亲生女儿，她是真实的，可靠的，千真万确的，没有一丁点水分，可是对我而言，"父亲"这个身份，或者说这个词汇轻飘飘的，我伸手能抓住，又能看见它从我的指缝间飘出去。或许我还没有成熟吧。我希望自己成熟起来，坚强起来，但是这一天还没到,我第一次的婚姻生活就结束了。

　　我不怨恨前妻,一点都不。我知道问题所在,没有资格去抱怨她。我希望她离开我之后,不再怨恨我,忘了我。在她眼里,我在家里扮演一位丈夫和父亲的角色——我没有家庭的长远规划,没有自己的事业规划,没有女儿未来的成长规划。我承认这是事实。当她说我是一个胆怯的男人,没有生活的勇气时,我反驳过她。后来关于勇气的话题,我们之间又争吵过两次。每个人对勇气的理解不一样。我认为,这些年我在做一份自己不喜欢的工作,为了薪水工作,看上司的眼色工作,为了家庭生活工作,这本身就是我的勇气。或许她理解的男人勇气,就是能追着梦想去生活,即使头破血流也是好样的。我没有她需要的那种勇气和梦想,我梦想待在家里,可我没有经济能力去选择。

　　我对杜若的好感也源自这里。她理解并接受我平平淡淡的生活理念,对我的事业没有苛求。最重要的一点,她从未把话题转向婚姻层面,也没有探寻我的第一次婚史。她越是这样,我越是对她充满好感。她看过我的写作笔记,说我有写作天赋,应该试着去投稿。有一天,她对我说:"我爱我的儿子,希望你也能对他好。我们在一起生活,可以不结婚,你也可以不用上班,就在家里看看书,写写东西,照顾我们,我能养活你。你认可这个孩子,认可他叫你爸爸就可以了。"我点点头。杜若也没有给我多讲过去的生活经历,只说叮当的爸爸是她过去的情人,叮当从没见过他的爸爸。杜若对我很好,我能实实在在感知到。我知道,她希望我能把她对我的好,通过我的身体再传递给她的儿子。我希望自己能够做好。

　　离婚后我把房产留给了前妻,自己租了一套家具电器齐备的一居室。我接受了杜若的建议,提前解除了租房合约,然后辞职待在杜若的家里。每天早晨,我拿着菜篮子去早市买新鲜蔬菜、鸡鸭鱼肉,和卖菜的砍价,回家的路上和大爷大妈聊天,顺便帮他们抬抬重物。我翻看从书店买来的菜谱书籍,学会了二十几道新菜肴的做法,看着杜若和叮当有滋有味地吃饭,我心里很有成就感。我每天擦洗马桶两次,马桶和洗面盆一样洁净。

透 明
tou ming

杜若和叮当的衣服每天换一次，我洗好后熨好、叠好。我还买了最新型的樟脑丸，放在衣橱里。我发觉自己比以前更会学习了，站在镜子面前，我好像重新发现了自己的价值。我在想，如果前妻能够这样理解我，对待我，我不会主动提出离婚，而且那个时候，我已经开始试图改变自己的性情和对待生活的心态，可是她没有体察到。我们两个人只是被生活拖疲了，在现实面前妥协了，前妻对生活的忍受力超过我，是我首先选择了逃避，在离婚的问题上她没有太多的责任。

和杜若生活了几个月之后，我对自己还不太满意。叮当叫我爸爸，我脸上挂着笑，心里还是对他亲近不起来，不过他提什么要求我都会尽可能满足，比如他把我当马骑，在屋里爬来爬去；他还喜欢把脚丫子放在我脸上蹭来蹭去，那个时候，我会想到女儿的小脚丫。有一天晚上，我正在淋浴间，叮当推门进来，非要和我一起洗澡。我想拒绝，却没有说出口。我背对叮当，叮当嘻嘻笑着，小手在我身上抓挠，我非常紧张，全身起了满满的鸡皮疙瘩。躺在床上的时候，杜若搂着我，说我真是个居家好男人，她很知足。我也第一次说出了心里话，我说："我不是什么居家好男人，只是不想和社会多接触，我喜欢待在家里，待在一个感觉安全的空间里面。"杜若没有说话，只是紧紧地抱着我。杜若对我身体的需求大于我对她身体的渴望，但我总是竭尽全力满足她。

杜若心思细密，体察到了我在家里的微妙尴尬。有一次，我听见她在客厅和儿子说话："叮当，叔叔和妈妈生活在一起，他就是你的爸爸。妈妈说过，见到爸爸你要叫他，多叫他，你做得很好。今天，妈妈想对你说，以后不要叫得太勤，一天叫几声就可以了。"

"为什么？"

"爸爸有点害羞。"

"哈哈！哈哈！哈哈！"叮当大声笑起来。

"小点声，爸爸在睡午觉。"

"爸爸会害羞。"

"你喜欢他吗？"

"喜欢。"

"喜欢他什么？"

"喜欢他和我一起搭积木……喜欢他在地上爬让我骑……喜欢他……对了妈妈，他还说要带我去海洋馆呢！"

杜若没有继续说话。过了一会儿，我听见她轻轻推开门，走到床边，为我掖了掖毛巾被。我假寐。她在床边坐下，坐了很长时间。等她出去的时候，我睁开眼睛。我在问自己："你爱杜若吗？你真喜欢这样的生活方式吗？"我喜欢这样的生活方式，但我还没有真正爱上杜若。

我带着叮当去海洋馆。我喜欢那片藏在地下的人造海洋。这些年，我没少去那里。我喜欢那里的寂静，更喜欢小而柔软的海洋生物。透过穹形玻璃，我会把自己想象成静若处子、悠然漂浮的海洋小生物。

我拉着叮当的小手，他蹦蹦跳跳很高兴。我叫他的名字，他有点失落，但没在小脸上表露出情绪。我们默默往前走，他突然小声说："小朋友的爸爸喜欢叫他们'儿子'、'儿子'，他们的爸爸不习惯叫他们的名字。"我握了握叮当的小手，停下脚步，望着他，一时语塞。我笑了笑，说："好……好……"然后继续往前走。叮当的小手让我想起女儿的小手，心里不太好受。

观看海豚表演的时候，叮当站在那儿大呼小叫。海豚表演结束后，他坐下来，微皱眉头，问我："爸爸，海豚现在在干吗？"

"在休息。"

"海豚的海洋房间在哪儿？"

我笑了笑。叮当继续说："不过，我觉得海豚休息的时候不一定快乐。"他的情绪慢慢低落了。

"你说得对，海豚不一定快乐。"我摸了摸他的头发。

我们顺着长长的扶梯转入地下。此刻，小海马在我眼前的海水里漂游。

透　明
tou ming

如果不是叮当抓我的衣袖，小海马甚至让我忘记了他的存在，周围穿梭的人群忽然让我对叮当抱有歉疚之情，我急忙抓紧他的小手，随后抱起他。看着走在前面的一对父女，我想到女儿。我想起去年的某一天，我抱着她一起注视漂游的小海马，我们旁边站着一对父子，那个爸爸正给他的儿子讲解："儿子，你的脑袋里也有一个小海马。"

"真的吗？"男孩有八九岁，眨了眨眼睛，摸摸自己的脑袋。

"每个人的脑袋里都有一个海马，大人有大海马，小孩有小海马。"他的爸爸继续说。

女儿贴着我的耳朵，小声说："真的吗？"她也摸了摸脑袋，眼神里充满惊奇。我以为这个男人会讲海洋童话故事，没想到他这样说道："人类的大脑皮层下面有个内褶区被称为海马区，海马区非常非常重要，它掌握一个人的记忆转换，能将瞬间记忆转换为长期记忆。"

"哦……"他的儿子点点头。女儿没有听明白，不停地嘻嘻笑，两只小手玩弄着我的头发。

我醒悟过来，木然地望着叮当，想象着大脑皮层的皱褶。此时此刻，再次在我脑海里长久定格的是三幅画面：我拉着父亲的手去幼儿园，一边走一边吃着棒棒糖；我女儿刚出生时睁一只眼闭一只眼的神情；我和前妻各自拿着离婚证，一路沉默走向破裂的家。

叮当累了，趴在我的肩膀上睡着了。我一只手搂抱着他，一只手提着一大包水果和蔬菜。我走累了，路边有石凳，我没有坐下，继续往前走。不知怎的，我想体验这种极度的无力感，这种感受好像是另一种意义上的快感，胳膊酸胀、手指似乎要被拽断的快感。在这之前，我没有这种体验，总觉得在生活面前，差不多就行，没必要折磨自己。我继续往前走，汗珠在眼角滑落。

我在照顾另一个男人的儿子。我和这个男人非亲非故，我和他的儿子没有血缘关系。我突然很厌恶自己，甚至产生了荒诞抑或邪恶的欲念：我把熟睡的叮当放在石凳上，一个人走进旁边的咖啡馆，边喝咖啡边观察他醒来之后会怎么样。他会哭吗？可能先会东张西望，然后才会哭。如果叮当一直坐在石凳上等我，我想我会走过去，可是发生另一种情况呢？他往前走，寻找我，走出了我的视线，我会跟在他后面吗？我不敢继续想下去。一个事实明摆着，杜若相信我，相信我不会伤害她的儿子。我也想到女儿，如果前妻遇到一个男人，那个男人会这样故意对待我的女儿吗？我无法想象女儿一个人迷失在大街上的情形。我有些羞愧。

走进家门的时候，叮当醒了。他叫了一声妈妈，跑进客厅。杜若提早回来了。叮当连续叫了几声妈妈，杜若沉默不语，往日的她不是这样的。我把水果蔬菜收拾好，发现杜若神色不安地坐在沙发上，叹了两口气，手指不停地揉搓太阳穴。之前我和她有约定，我不过问她的工作，所以遇到今天这种情况，我保持沉默比较好。我削了一个苹果，一分为二，分别递过去。在自己家里，对待前妻和女儿，我很少这样殷勤过。叮当抓起苹果，猛咬了一大口。"洗手去！"杜若冲着叮当大声喊道。叮当一下子愣住了，含在嘴里的苹果瞬间减速，慢慢转动着。

"好，洗手去。"我的语气是平缓的。我拉着叮当，走进洗手间。之后，我让叮当一个人进了小卧室。我走进客厅，说："你歇会儿，我去做饭，今晚吃海米炒冬瓜，香芹炒牛肉丝。想吃馒头，还是蒸米饭？"

杜若看着我，一句话也不说。我进了厨房，把蔬菜放进洗菜盆，打开水龙头。水哗哗流淌，我静止不动。洗菜盆是我新买的，和我家里的那个一模一样。女儿最喜欢吃海米炒冬瓜，前妻不让女儿多吃，怕她上火。这个时间点，她们娘俩可能也在吃饭吧。她遇见男人了吗？在意识深处，我无法想象她和另一个男人生活在一起。前妻是一个有事业心，性情古板的女人，也是一个慢热的女人。我几乎能够断言，至今她还是一个人生活。杜若走进厨房，咳嗽了一声，轻声说："今晚我们点餐吃吧……都累了。"我回头看她一眼，淡淡笑了笑。

透 明
tou ming

外卖送来饭菜，我们三个人默默吃饭。叮当低着头，嘴巴小心翼翼吧嗒着。杜若摸摸他的脸蛋，说："妈妈刚才批评你，对不对？"叮当撇着嘴，眼泪瞬间滚落下来。我把纸巾推过去，杜若拿起一张，轻轻擦拭叮当的脸颊，眼里含着特别的情绪，似乎有话要说。我放缓咀嚼的动作，等待着。"茶餐厅……可能做不下去了……"她顿了顿，侧转眼神，望着我，"股东说要移民，需要钱，想撤资……我知道这是托辞，现在茶餐厅竞争大，生意不好做，做其他投资获益更大。"我点点头，我也不知道自己为什么点头。"我想租一个小点的地方，我不想放弃。"她长长地舒口气，仿佛在给自己鼓劲。

"我相信你。"我望着她，劝慰她。

她用力抿紧嘴唇，眼神在半空中游离，似乎在控制泪腺。

我在厨房洗刷碗碟，杜若给叮当洗澡。我收拾完毕，坐在客厅，杜若陪叮当读童话书的声音从小卧室里传出来。白雪公主和七个小矮人的故事。女儿也喜欢这个故事。过去的一幕又在眼前闪现。我闭上眼睛，身体靠躺在沙发上，渐渐陷入了幻觉，感觉这里是过去的那个家，沙发靠垫是牛皮的，扶手是木头的，我抱着女儿看动画片，前妻在书房里准备第二天的会议材料。

不知过了多久，杜若的声音飘进我的脑海。

"你在笑什么呢？"她站在我眼前。

我坐直身子，揉了揉脸。"刚才眯了一会儿。"

"叮当睡了。"

"今天睡得挺早。"

"他说今天玩得很开心……你今天也累了吧？"

"你想吃苹果吗？我削一个。"我插话道。

杜若没有拒绝。削苹果的时候，我暗暗佩服自己，和杜若在一起，我才学会如何关心女人。一个苹果，分成两半，客厅里漂浮着苹果香。杜若取来两个酒杯，倒上了干红。

"你能帮我吗？"杜若忽然问我，递给我红酒。

"什么？"我不太明白。

"如果我一个人开餐厅，你能帮我吗？"

我转动酒杯，不知道如何回答。

"我曾经答应过你，你待在家里，不用想挣钱的事，可是现在……我一个人怕忙不过来……"

"……"

"家里可以请个保姆。"

"我不是这个意思，我担心自己能力不够，怕帮倒忙。"

"我觉得你行。"

我摇摇头，呷了一口红酒，笑了笑。

"我已经看好餐厅位置，面积有现在的三分之一大，能摆十几张桌子。现在的餐具和桌椅都能用上。我需要一个餐厅经理，以前那个经理是股东的表妹，已经辞职走了。"

"具体干什么呢？"

"其实就是一个影子，老板的影子，你不用干什么，待在那儿就行。"

我点点头。

"服务员都是以前的，很听话。有你在，我可以出去和投资商谈判，争取多开几家分店。"

"你有这么大的信心？"

杜若看着我，专注地看着我，眼神那么坚定，那么充满期待；我同时在她的眼神里发现一股欲望，想吞掉整个房间的欲望。

"你想知道我开一家什么样的餐厅吗？"她说。

我点点头。

"去把客厅的窗帘拉上吧。"

我迟疑了一下，站起身，拉上纱帘。

透 明
tou ming

"两层都拉上。"

我回望她一眼,把厚窗帘拉上。

"请把灯也关掉。"她一直望着我。

我把客厅灯和走廊灯关掉,只留下角落里的落地灯。在这样的灯光氛围下,红酒杯荡漾着奇异的色泽。我忽然很想和她做爱。我咽口唾沫,喝干杯中酒,又倒了一杯,酝酿着情绪。杜若举着酒杯,身体凑近我,示意我举起酒杯。我举起酒杯,看见她的手伸过来,摸了一下我的膝盖,接着伸向落地灯开关。"啪",柔和的声音,落地灯灭了,屋里一片漆黑;"当",清脆的声响,杜若的酒杯触碰我的酒杯。

"你想在黑暗里和情人喝红酒吗?"

我碰了碰她的酒杯,以示回答。

"你想在黑暗里和情人吃西餐吗?"

"我还没体验过。"

"你可以在黑暗里亲吻情人,抚摸情人。"

我的膝盖碰掉了茶几上的电视遥控器。我摸黑捡起来,放回茶几上面。我感觉到杜若越来越近的呼吸,散发红酒气息的呼吸,她骑跨在我身体上,环抱着我的脖颈。

"我想开一家黑暗餐厅,让大家在黑暗里喝红酒,吃西餐,你喜欢吗?"她的鼻尖触碰我的鼻尖,"你负责管理黑暗餐厅,好吗?"

"黑暗餐厅?这名字是不是……"我的呼吸已经不能顺畅。

"你有更好听的名字吗?"

在黑暗里,我和杜若的声音有幽远的味道。

"黑色餐厅,怎么样?"

"黑暗不是更有力量吗?"

我同意她的解释。

"餐厅里一片漆黑,怎么点菜?"

杜若笑了,说:"在前台点菜,那里有光线。"

我为自己的愚笨感到羞愧。

"顾客会不会碰掉盘子？"

"有可能，不过盘子是塑料的。我们会在前台讲解用餐方法，现在的人很聪明，喜欢新鲜，他们一定喜欢这样的创意餐厅。"

我的手开始用力抚摸她。我们在沙发上做爱，压低声音做爱。后来我们相拥躺在沙发上，杜若告诉我，如果叮当的爸爸没有因车祸死去，他们将是一对非常幸福的情人。他们相信感情，不相信婚姻，叮当是他们的未婚生子。"遇见你，我很幸运，"她不停地亲吻我，"我给叮当找到一位爸爸……我也找到一个男人……"可是我的心里却是怪怪的。我对杜若有了新的认识，但心里还没有真正爱上她。

一切似乎都在杜若的安排下行进。保姆来到家里的第二天，黑暗餐厅装修完毕。杜若带着我参观，让我牢记各个台面的数字编号，前台至食品操作间的距离，酒屋至前台的距离。

点餐台设置在外面的玻璃房里，有六台触感操作电脑屏幕，里面储存着菜品和酒水照片，图片可以左右自由拉动。休息座椅前方立着一个悦目的就餐说明标牌：请不要大声说话；请关闭手机；桌子下面靠左的位置有呼叫器；请放慢用餐动作，味道才会出来。

我的工作职责就是监督管理服务员，接待服务好重要客人；同时，我必须首先牢记餐厅的各个位置，然后仔细训导服务员。杜若曾对我说过，我可以提薪水要求，我说等餐厅营业一切正常后再说吧。正像杜若预想的那样，餐厅一开业，很多人前来体验。我们一天忙到晚，身体很疲惫，心里很愉快。有些顾客不太文雅，经服务员劝说后，说话的声音明显小了；也有客人在黑暗里去洗手间，不小心和其他客人相撞，相互争吵几句。不过没发生什么大意外，一切看上去挺顺。

那天，黑暗餐厅打烊之后，我和杜若留下来，她问我的感受，我说比在家做饭累多了。我们在黑暗里笑，笑声落下来，我们也沉默了。屋子里

透 明
tou ming

非常安静，我们在倾听黑暗的声音。我第一次感受到，真正的黑色就是伸手不见五指，味道非常醇厚，远远超出我的想象。身在城市，彻底的黑已经很难遇见，黑漆漆也变成了一个遥远的词汇，到处都是灯光，到处都是灯光留下的遗产，换句话说，在城市的夜晚，我们可以随处看见自己的影子，虚弱的影子。有了光亮，我们才不会害怕，可是光亮多了，我们变得更坚强了吗？

回去的路上，杜若对我说，如果我能在黑暗餐厅长期做下去，做一两年，她可以给我干股。我明白她的意思。"咱俩这样做下去，前景应该挺好的。你考虑一下，再告诉我想法。"她接着说。我知道，杜若并没有完全信赖我，我没有理由否认这一点，也不想耍花招欺骗她。

我完全熟悉了自己的工作。客人多的时候，我还客串过调酒师。随着时间的推移，来这里就餐的客人素质越来越高，餐厅里弥漫着的黑色气息令人舒适惬意。我可以在餐厅走廊里自由行走，脚步轻柔，几乎没有声响。有一次，一对情侣正在小声倾诉衷肠，我移步经过他们的餐桌，停下脚步倾听了一分钟，他们没有丝毫察觉。我越来越喜欢这份工作。我甚至想写几篇与黑暗餐厅有关的小说。

接下来的日子里，一旦有闲，我就开始构思故事。我会把灵感记录在空白的点餐纸上，同时训练自己在黑暗里写出文字尽可能整齐的小说笔记。那天，当我沉浸在想象里的时候，一个细弱的声音飘过来——在黑暗里待久了，耳朵异常敏感，同时想象力比往日更为丰富——是个女孩的声音，虽然只是轻轻的两个音节"妈妈"，可是她的声音却像一片细嫩的小树叶，飘在我的眼前，飘进我的耳朵。我站起身，循着刚才的声音走过去。"妈妈，我害怕……"是我女儿的声音。我悄然靠近，喉头顿时干涩了。

"有妈妈在，不怕。"前妻小声说道。

站在她们母女俩旁边，我控制着呼吸，控制着情绪，但没有控制眼泪。她们看不见我，感觉不到我的存在。和前妻离婚已有十个月，这期间我没有见过女儿。我打过两次电话，她告诉我，因为工作忙，还要去国外进修，女儿送回老家让父母亲照看了。

"沙拉好吃吗？"

"好吃。"

"妈妈看不见你，你也看不见妈妈，好玩吗？"

"不好玩。我想看见妈妈。"

"吃完饭，就能看见妈妈了，你要好好吃饭。"

"嗯。"

我在心里默念着女儿的名字："囡囡……囡囡……囡囡……"

"妈妈，我想爸爸了，他什么时候回家啊？"

前妻停了一会儿，说："爸爸也想囡囡，快吃饭，好吗？"

"我想爸爸。"

"外婆家好玩吗？"

"不好玩。"

"你在电话里不是说挺好玩的吗？"

"我说不好玩，外婆会不高兴的。"

"外婆最疼囡囡了，是吗？"

"嗯。"

有一瞬间，我想抚摸女儿，她的身体离我有半米远，我伸出手即可。我在犹豫。女儿的声音让我缩回手臂。

"妈妈，爸爸什么时候回家啊。"

"吃完饭，我打电话问问他，好吗？"

"现在就打。"

"餐厅里不能讲电话。"

"妈妈，你快点吃。"

"你不喜欢这里吗？"

透明
tou ming

"现在有点喜欢了。"

一位去洗手间的顾客在黑暗里撞到了我。"对不起，对不起。"他说。我稳住身体，屏住呼吸。突然响起的声音让前妻和女儿静默了好一会儿。女儿嗤嗤笑出了声："妈妈，有人在说对不起。"前妻也笑了。

我走回前台，坐下，长长地喘了一口气，眼神一直望着刚才的方位，那块区域一会儿幽暗，一会儿明亮，仿佛要从周围的世界里分离出来。女儿的面庞是清晰的，她长大了，长高了，我看不清前妻的神情。服务员和收银员的交流告诉我，她们正在结账，等她们出去，我可以透过休息室的玻璃窗观望她们。我的确这样做了，但只看见她们的背影。我的心脏怦怦跳动。她们一直往前走，走到街角，然后拐弯，消失了身影。我掏出手机，注视着屏幕。我等待着，没等来前妻的电话。

第二天上午，我拨通了家里的电话。前妻告诉我，女儿刚回到北京，我可以随时回家和女儿见面。我回到家里，家里的陈设几乎没有改变。女儿从屋里跑出来，扑进我的怀里，我们抱在一起，抱了很长时间。我和女儿都哭了，我默默流泪，女儿哭出了声。十个月过去了，好像过去了好几年。

我一个人抱起女儿，来到小区花园，女儿问了我好多问题，我编故事哄骗她。这些故事迟早会露底的。女儿在玩秋千，看着她，我想到叮当。两个孤独的孩子。我很想让他们两个人在一起玩，但这只是臆想。两个孩子都叫我爸爸，我该怎么办？我摇了摇头，不经意回头，发现前妻站在阳台上，正朝我们这边搜寻。我垂下眼帘，抱起女儿，给前妻发短信，说想带着女儿出去走一走。她提醒我，别忘了给女儿喝水。

我抱着女儿，漫无目标地往前走。眼前的车流、行人、树木和建筑物，好像都是漂浮物，它们漂过来、漂过去，与我无关。此刻的世界，只有我的女儿是实实在在的。走了两条街道，也许是三条，女儿说饿了，她的话给了我提示，我没有犹豫，打车前往黑暗餐厅，希望能在那里见到杜若。我希望自己能够更真实地面对她。

杜若正带着未来的投资商参观餐厅。她看看我，看看我的女儿，脸上的表情非常平静。我带着女儿在休息室坐下，叮当突然推门而入，大声叫喊着跑过来："爸爸！我刚才把鱼灌醉了……"他的声音渐渐变弱了。我没想到叮当会在餐厅。女儿正在喝水，没听见叮当说了什么。叮当的眼神里有疑惑，他走过来，问我："她是谁？"

"她叫囡囡。"

"他是我爸爸。"女儿说。

叮当一把抢走了女儿手里的水杯，说："他是我爸爸。"

"他是我爸爸！"女儿哭起来。

"他是我爸爸！"叮当也哭了。

杜若走进屋，让服务员领走叮当。她轻轻握住囡囡的手，说道："你女儿挺漂亮的……像她妈妈？"她掏出纸巾擦拭囡囡脸上的泪痕。

"囡囡，跟阿姨出去玩，好吗？"我说。

服务员抱走了囡囡。我和杜若面对面坐下，两个人沉默了几分钟。

"你能把叮当当成自己的儿子，我也可以……"

我摇了摇头。

"你不相信我？"

"相信。"

我们相互对视，等着对方说话。

"你要离开我了吗？"杜若问我。

我看着窗外，一只小鸟像一颗子弹极速飞走。小鸟在我的世界里消失了，我也在小鸟经过的世界里瞬间消失了。瞬间。生活的瞬间。瞬间的力量。很多时候，瞬间的思绪能改变人很多很多。

"请不要现在离开我……"杜若的眼睛是红的。

"叮当也离不开你了……"她叹口气，接着说。

"……"

"你也离不开女儿，我能感觉到。"

透 明
tou ming

"我没那么好。"

"我已经习惯你了……"

我们又开始沉默。水族箱里的氧气汩汩作响。屋门拉开又关上的声音。杜若走了出去。

我把女儿送回家,前妻已经准备好了晚饭。我们三个人,像往日那样,我坐东边的位置,前妻坐对面,女儿挨着妈妈坐。我心里忽然有很多话。女儿手舞足蹈地吃饭,前妻说女儿好久没这么高兴了。我捏了捏女儿的小脸蛋。

"我昨天看见你们了。"我说。

"在哪儿?"

"黑暗餐厅。"

"我喜欢那里!"女儿欢呼。

"你也在那儿吃饭了?"

我点点头。"你现在怎么样?"

"什么?"

我笑了笑。我想她明白我的意思。

"你呢?"她说。

我还不想说出杜若的名字。

"你……不怨我吧?"我说。

"离婚是你先提出来的,我能说什么。"

"你当时也没阻拦。"

"当时你很认真。"

我点点头,表示赞同。

"我觉得自己会拖累你的生活。"我解释道。

"你害怕面对现实,这是你的性格。"

"有时候……也害怕面对你。"

"我有那么可怕吗?"

"无形的压力吧。"

"我们都在为家庭付出，可又觉得自己比对方付出得多。"

"我其实挺佩服你的……"我说，给前妻夹了一筷子菜，"离婚前我已经有变化了，你没发现。"

"我们都太在意自己的感受。我说你幼稚，其实我也挺幼稚的。"

"你说过我不成熟，不适合结婚，适合一个人生活。"我笑了笑。

"可能吧。两个人在一起时，会不自觉地依赖对方，现在一个人面对生活，反而学会了独立。我不怨你。真的。"

"我挺讨厌过去的自己。"

"我们喜欢恶语伤人，喜欢伤对方的自尊。你也说过我是个不太懂浪漫的女人。我的生活观的确比你现实，"前妻给我盛了一碗汤，接着说，"我们之间的确出了问题，但我们都没有耐心和时间去解决，也没有经验去借鉴，自己的生活只能自己去实践。"

我抬起头，静静地注视着前妻。

"的确，每个人都需要试着改变自己。"我说。

"可能都太年轻了吧。我们还没经历七年之痒就分开了。"她笑了笑。

"你现在还是一个人吗？"

"两个人。我和囡囡。"

吃完晚饭，我陪女儿看电视动画片，前妻在厨房洗刷碗碟。电视柜上面摆放着我们一家三口的合影照片，还有木雕茶叶罐、青花瓷水果盘、飞镖盘、动物卡通挂画……在眼前一一闪过。今晚，我想看着囡囡上床睡觉之后再走。前妻从厨房里出来，走进客厅坐下。我们的眼神注视着女儿，时而交错一下，看上去很自然。我能感觉出来，前妻的情绪比以前柔和沉静许多，举手投足更显舒缓有致。

时间不早了，女儿打了呵欠。我和前妻相互协助，帮着女儿刷牙、洗脸、洗澡。我用毛巾被裹起女儿，把她抱进小卧室，亲了亲她的脸颊，祝她好梦。后来，我们俩走到客厅，就这样坐着，谁也没有说话。墙上的时

透明
tou ming

钟发出嗒嗒的声响。过了好一会儿，我说我走了，她迟疑了一下，看了看时钟，点了点头。我默默起身，拉开房门，慢慢走向电梯，按下电梯按钮。屋里的光线在楼道投射下细长的光影，光影消失的时候，电梯门开了。我下楼，在小区里走了两圈，走了很久。我抬头望着熟悉的窗户，心里有暖意，更有怅然。

来到杜若的家门口，我掏出钥匙，靠在门框上想了又想，还是把钥匙插进了锁孔。这些时日，杜若对我很好，我对她心存感激，但心里明白，我对她的情感还不是真正的爱，也不是依恋。我同时也很清楚，这份情感的滋味虽然还很单薄，像一层散发诱惑的薄纸，却又分明朝着亮光飞去。

屋里亮着一盏落地灯。叮当已经入睡，杜若在等我。

"回来了？"

"你还没睡。"

我洗了洗手，来到客厅坐下。气氛有些怪异。

"你会和前妻复婚吗？"杜若看着我，脱口而出。

我搓着手指，笑着摇摇头。

"别骗我。"

"不会复婚。"

杜若递给我一杯红酒。我喝了一大口。

"我……"我看她一眼，迅速低下头。

"想说什么都可以。"

"我不想离开你……我也想念以前那个家……我……"我开始语不成句。

杜若垂下眼帘。

"我和前妻……可能都需要改变……"

"你想说……你后悔离婚了吗？"

"不，我不后悔。"

"那你想说什么？"杜若握酒杯的手指在颤抖。

"我女儿也需要爸爸……"

"我懂。"

"我想……我想一周回去住几天……"

"我猜到了。"

"但我不会和她复婚。"

"那你和她是什么关系？"

"双方都没有压力的关系。"

"像我们这样？情人？"

"没有压力，就不会对对方有太多期待。"

"没有期待，也就没有责任。"

"把女儿养大成人，是最大的责任吧。"

"我理解。"杜若一饮而尽，又倒了一杯酒。

"谢谢。"

"你前妻知道你的想法吗？"

"还没告诉她。"

"她会同意吗？"

我沉默，继续沉默。

"她会同意吗？"杜若追问。

"可能会同意……"我点点头，再次点点头。我觉得我了解她。

"你想和两个女人做爱，拥有两个情人，对吗？"杜若直视着我的眼睛，我回避了她的眼神。杜若等着我说话，可我还没组织好词汇。她站起身，走进卧室。我听见卧室洗手间里水流的声音。杜若在洗漱。

我一个人坐在那儿，连续喝了两满杯红酒。没有了水流的声音，屋里安静下来。我觉得自己看清了什么。我关闭客厅灯，走进外面的洗手间。洗漱完毕后，我推开了卧室门。我和杜若并排躺在床上。

"睡了吗？"我轻声问道。

卧室里更显寂静。我听见杜若清醒的呼吸。

透 明
tou ming

"可是我对你已经有了感情……"杜若说,压抑着呼吸,慢慢舒出一口气。

"我是不是很自私?"

"你只是想得到更多。"

"我这样做……你会讨厌我吗?"

"会讨厌你,但现在还不会。"

"……"

"现在这个家,你可以随时来,如果有一天我换了门锁,你就别再来了。"

"我知道……"我说。

穿军装的牧马人

曾剑 / 著

作者简介

曾剑，沈阳军区政治部文艺创作室创作员，曾获中国人民解放军优秀文艺作品奖、全军军事题材中短篇小说评奖一等奖等奖项，本刊曾选载其作品《午夜飞翔》《像白云一样飘荡》《饭堂哨兵》等。

穿军装的牧马人

我穿上军装,来到这深山老林时,有一种被贩卖的感觉。我家是鄂西山里的,跑到这东北原始森林,我如果像电影里那些大兵,在崇山峻岭间真枪实弹地干几场,倒也像个兵。连队居然让我放马,我成为整个连队执行任务时,唯一不带实弹的兵。

那是个灰蒙蒙的冬日,连队一个满脸通红的老兵,把我领到一群军马前,把一只狗尾巴草一样布满毛刺的旧马鞭递到我手中。我心里亮闪闪的希望,就在眼前的灰蒙蒙中淹没了。我没有立刻去接马鞭,而是把右手掌贴到胸前。我摸到了我的心,像这冬日山里的石头,又冷又硬。

老兵说,怎么?

我接过马鞭。老兵走了,他已退伍,几天前就该走的,就等着新兵来队,挑选新一任马夫。

在老兵的背影就要消失在马棚拐角处的那一刻,我一个百米冲刺,追上那个老农一样的背影,问,为什么偏偏是我?因为有怨气,我连一声班长都没喊。

老兵转身,把右手搭在我的肩上,把自己装扮成一位慈祥的长者。

老兵反问,为什么不能是你?

他说完这句话,伸了一下脖子,好像还想说什么,但没说出来,只盯着我的一张脸看,许久,给我一个僵硬的笑。

我的脸上有什么?我冲到溪沟边,弯腰。在水里,我看到了自己:黑皮肤,娃娃脸,月牙眼,自来笑,这不就是个山里放牛娃嘛!

我站起身,望着班长那个令人沮丧的背影,哀叹道,我会成为他吗?

我顺着溪流,走向我的马群。

白雪覆盖的高粱地空寂辽阔。那些白色的马,黑色的马,棕色的马,枣红的马。它们毛色闪亮,像是抹了油。在雪地里,它们有的低头,有的仰望,在冰雪中"闲庭信步"。这些马的体型保持得很好,大都不胖不瘦,像军营里的男人,有着强健的肌肉。而我呢?我一身迷彩,高勒的迷彩棉鞋沾满污泥。我知道，我的样子像一个东北农民，我比东北农民还要辛苦。东北农民天冷就猫冬了，而我每天要在外放牧八小时。

我斜眼，看见水里的倒影一跳一跳的，那就是我。我的童年，基本上是在四个姐姐的背上度过的，她们造就了我轻度的罗圈腿。我走路一蹦一跳的，像轻轻跳着迪斯科。

为什么偏偏是我？为什么不能是我？这两个巨大的问号，像两把弯刀，砍着我脑子里的每一根神经，折磨着我。日后很长一段时间，我常站在山坡上，手握这两把无形的弯刀，胡挥乱砍，然后嘶喊，为什么偏偏是我？每当这个时候，我的那些马，都会抬起头，伸长脖子看着我。它们看不见我手中两把无形的弯刀，只看见我疯子一样手舞足蹈。

看什么看！我训斥着我的"兵"：都欠收拾！

它们就老老实实低下头去，故意把草吃得刷刷响。

除了马群，我还有一条狗，德国种，叫黑贝。黑贝就是我的通信员，而二十五匹马，就是我的二十五个兵。每天，我把它们赶到水草丰美的地方，让它们唱歌，唱《学习雷锋好榜样》。我说，这是饭前一支歌，好好唱，唱不好重新来，唱不好不开饭。

我知道，它们不会唱，但是，我要唱。我长期在山里，没个人说话，再不唱歌，我会变得像它们一样，成为一个无声的战友。

时间长了，它们好像会那么一点点。我把它们赶到目的地，我唱饭前一首歌，它们静静地立在那里。我唱完，喊一声"开饭！"它们才低头啃草。

羊群有头羊，马群也有头马。我任命那匹俊俏的白马为头马。我看过金庸的《白马啸西风》，我也叫它西风。有几匹马不服，总要往前冲，我挥响马鞭吓唬了它们几下，它们就老老实实地跟在西风的屁股后面走。

事实证明，我很有眼力。西风为了回报我对它的赏识，竟然几次在我

穿军装的牧马人

身边跪下,让我骑它。我只在很开阔的一片草地上骑过一回。它的蹄子轻快地响起,我神清气爽,耳边风声鹤唳。可当我跳下马背时,西风的喘息从它嘴里传来,那里像装了一只破旧的风箱,我就再也不忍心骑它了。

指导员到马场来看我。

指导员的到来,让我在这个冷意很浓的马棚里有了一丝暖意。指导员是来开导我的。指导员说,你真行,刚当兵就是班长。班长?我直着脖子问。指导员笑着拍拍我的肩,说,对呀,你不但是班长,你的兵员还是咱连最多的,你看,指导员指着那些马说。我说,指导员,你就别逗我了。指导员说,我怎么就逗你呢?它们都是战马,曾经驰骋过疆场。现在实行摩托化了,用不着它们了,不忍心把它们抛弃,就养起来,任它们老去,死去。但是,马班是有编制的,它们都有编号,军委首长都知道我们这儿有二十五匹马。

说来说去,我干的是无用功,我还以为这些马,有朝一日能驰骋疆场,或是能成为某位将军的坐骑。

我感到自己像那些马一样,可有可无。不同的是,马等着死去,而我,等着成为一个老兵,然后离开。

我很烦,直到有一天,我发现了我的价值。

那天,我、马群,还有我的黑贝,走在冬日的暮色中。在林边雪地的映衬下,我看着我的狗,我的马群。我听着它们走在雪地上踏出不同的声响,和着树梢的风声,像一曲美妙的轻音乐。

黄昏沉寂,空荡荡的大地显得悲戚。本来放牧一天我应该很疲惫,可一只马鹿的出现使我兴奋起来。我其实并不认识马鹿,是一个老兵告诉我的。老兵说,马鹿像小马驹,但长着鹿茸,特别漂亮。马鹿见了我,并不惊跑,而只是静静地立在那里,用两只充满灵性的眼睛望着我。我也望着马鹿。马鹿一动不动,在黄昏的光线里,像一张色彩强烈的油画。

然而，一杆猎枪，却要毁坏我眼前的这一切。那是一个身披翻毛羊皮坎肩的猎人。我走向他，用我的身体，挡住他朝向小马鹿的枪口，一动不动。

所有的马，都睁大眼看着我。我的狗黑贝也惊呆了，倘若猎人手里是一把刀，我想它就扑上去了。可那是一把猎枪，只要它一动，那枪机可能就扳响。黑贝没有动，它眼里不是怒火，而是哀求，是泪。

天地静得一枚松针掉下来都能听得见。

最终猎人枪口朝下，长吐一口气，人像泄了气的皮球，软了下去。他冲我喊，行，当兵的马夫，你行！

我行吗？当那个猎人远去时，我问自己。我吓出一身汗，心都快停止跳动，血好像凝滞不流了，他居然说我行。

那人的背影完全消失在林子里的那一刻，我的血管跳得更厉害了，像解冻的冰河。是后怕吗？我问自己。是的，我后怕，但是，我行！我回答自己。我只是一个牧马人，制止猎人的捕杀，这不是我的职责，但是，我站出来了，站在一管随时可能把我打成筛子的老式猎枪面前。从那个黄昏起，我在我的心里，不再是一个可有可无的人了。我是个马夫，但我不可以被忽略！

我慢慢地对我的马好起来。我从来没有重重地抽打过它们，现在，我连鞭哨都不忍心挥响。

有一天，我遭遇了熊。

那天黑贝身体不舒服，我就没带它，独自赶着马群，走在附近的山洼里。我突然看见一个黑影，越来越大，越来越近。它竟然站了起来，是一头熊。我惊出一身冷汗，顿时感到头皮爆裂，冷汗仿佛从裂缝处流出来。

我只有一根防身警棍，没有刀，没有枪。但在那一刻，马的镇静提醒了我。所有的马都不吃草了，抬起头来，静静地望着那只大熊。我学着我那些马的样子，把我的恐惧隐藏起来。我非常清楚，熊要是朝着我冲过来，

穿军装的牧马人

马是无法救我的,马从来只会协助打仗而不会真正参与战斗。我就那么与熊对峙了片刻,熊并没有伤害我的意思。但是,我怕万一,万一它愤怒了呢。我就慢慢地猫下腰,悄悄地隐藏在一堆灌木丛中,又退到山路上,确认熊并没跟上来时,我撒腿狂奔到连队。

连长带着一个排的兵,荷枪实弹,带着锣鼓。我们回到放马处,熊正在吃一团野菜。连长让大家停下,静等着熊吃。熊吃了几口,连长举枪,我喊,连长,别……然而,枪响了。我在枪响的那一瞬间,不忍目睹。我闭上眼,熊没伤我,我却带人来射杀它。

锣鼓刺耳地响起。不仅是刺耳,更刺痛我的心。是的,他们打死了一只熊,他们在欢呼。我酸涩的眼泪流了出来,这时,我感到一支冰冷的枪塞在我手中。我死死闭上眼睛,没去接。连长推我一把,说,这把枪以后就是你的了,以后遇到熊,就像我这样,不要打它,把它吓走就行了。

什么?熊没死?我睁开眼,看到不远处,那一个黑色的影子,正不紧不慢地往林子深处移动。

连长说,几年没见过熊了,真棒!

黑贝的病一直没好。浑身发烫,很痛苦地小声哼着。我托人到镇上买回一些犬药,喂了,也没好。连队请来兽医,诊断是脑炎,治不了,建议给它多灌一些安眠药,结束它的生命,让它少受一些苦。我冲那个兽医吼叫,你先给我灌安眠药吧!

兽医走后,我陷入了矛盾之中。我怎能亲自杀死它。黑贝的病越来越重,它虽然叫得很轻,但是那种压抑着的痛苦的呻吟。它脑袋轻轻颤动,时常躲在灌木丛里,发出像苍蝇的嗡嗡鸣叫声。它通人性,它怕我看见它痛苦的样子。它这个样子,反而让我更痛苦。

我请我一个在城里读大学的同学给我买了本兽医书,我决定当一个兽医,治好黑贝的病。可是,书还没收到,黑贝就自杀了。当时,我和它都在山洼里，黑贝无精打采地跟着我。我不让它来，它似乎害怕寂寞，硬是跟着我。天近正午，我突然看见黑贝一跃而起，像一枚炮弹射向两丈远的一块大青石，伴着沉闷的响声，黑贝倒在地上，七窍流血。它挣扎着，身体像一把弯弓，很快又拉直，瘫软了。我冲过去，看到它的眼像两块石子一样，没有了光泽。

我抱着黑贝回到连队，与战友们告别，很多战友流泪。我把它埋在马场前面的林子里，当最后一锹土落在坟尖上时，我一直克制着的眼泪还是流了下来。我给它立了个碑，写上"战友黑贝之墓"。

那天，似有一个火把，在我全身燎过，我满嘴是泡。我早早地把马圈进马场，来到黑贝坟头，陪着它，坐到太阳西沉。然后，在暮色中走回马场。

日月久了，黑贝坟头那块木牌被雨雪浸泡，烂了，黑贝的坟也矮了下去。我搬了块石头放在它的坟头，算作墓碑，之后，我再没有去给黑贝上过坟，因为它最终还是要回归大自然的。但是，每次回到马场，我还是忍不住朝着那片林子看一眼。

云雾山离马场三里地。夏日的云雾山，是一片雾的海洋。一天，我带着干粮，赶着马群，来到云雾山。抬眼望，云在雾之上，雾在云下，一片缥缈流动的洁白的世界。

我把马散放在洼地，独自往山上走。我想超越头顶的雾，我想与云比高低。放马久了，想撒野。

我在一片山槐遮蔽处，发现一个山洞。一个大石头门挡着洞口。石头门很沉，我憋出几个响屁，才把门推开。我进到里面，只听咚的一声闷响，门自个关上了。洞里黑漆漆的，我往里摸，好像里面很宽。我往外去时推门，怎么也推不开，我开始感到害怕。干粮在西风背上，如果不被人发现，我会饿死在这里。我一次次努力，汗流浃背，还是打不开石头门。洞里阴冷，我一次次冲里面喊，有人吗？有人吗？听到的只是回音。

我绝望了。我试着摸墙壁，希望找到别的出口。我摸到柴火棒子一样的东西，这让我很高兴，这里一定有人住。但随后，我摸到了干枯得像鸡爪子一样的东西，没有一点肉感。一阵恐惧袭来，我感觉我摸到的是一具死人的骨架。但我很快说服自己，不是，是柴火，是手指状干枯的树桠。我不敢再摸了，怕摸到更令人心惊胆战的东西，甚至怀疑墙壁上爬着蛇。

这一日长于百年，我饿了，困了，疲惫地坐在地上。我听到石门响，我冲石门喊，有人吗？回答我的，是马的咴儿咴儿声。是西风！可是，它来了有什么用，它又不会开门，也不会像黑贝那样，能回连队通风报信。

但西风的到来，毕竟壮了我的胆，让我不再惧怕这漆黑的洞。我跟它说着话。门还在轻微地响动着，像马皮在墙壁上磨蹭的声音。后来，石头门终于开了一道缝。我伸出手去，死死地抠住门缝，怕它再次合上。我和西风合力，将石门打开了，我钻了出去。那一刻，我回头，在门洞透过的光线里，我看见里面有两具人的骨架。那两个骷髅上，几个窟窿放着黑漆漆的光。

我头皮一下子绷得紧紧的，像被一双无形的手，死死地箍住。

石门砰的一声关上了，也不知是有机关，还是它本身的重量作用。

天其实并没有黑，只不过日头偏西。我已没有心情放牧，赶着我的马群回马场。

离开云雾山，我惊飞的魂魄才回到现实中来，我看见西风额头、脸上血肉模糊。它推门救我磨成了这个样子！我走不动了，搂着它的脖子，哭得鼻涕眼泪糊了一脸。

西风自此破了相，我手下最帅的一匹马，变成马群中最难看的。

这次事件，是我心里的一个秘密，除了我的马群，我谁也没告诉。我怎么能告诉连长？这不是向连长暴露自己的愚蠢吗？

连长还是看到了西风的伤，问，怎么回事？我说，山上一块滚石砸的。

滚石能砸成这样？连长疑惑地看我一眼，走了。我怕连长追究，但连长的冷漠让我有一丝痛感。连长居然没问我伤着没有，难道在他眼中，我还不如一匹马？

那个晚上，在马棚里，我没敢灭灯，直到天快亮开，我才迷迷糊糊地闭上眼。我做了一个梦，在那个山洞里，一个活人，慢慢变成一堆白骨。

我吓得坐起来。

外屋的马，摆尾声、咴儿咴儿声、打嗝声、放屁声，声声入耳，将那暖烘烘的臭气传过来。

不干了，说啥也不干了，明天就找连队干部。我怕连长，就找指导员。可是，第二天，我找到指导员说时，竟然没能把我不想放马的话说出来。我只怯怯地说，指导员，给我再弄一只狗吧。指导员说，省军区军务部已经给你买了，拉布拉多进口猎犬，过几天就送过来。放心吧，我想着这事呢。放马怎能没有猎犬？一只狗，就是一个兵力。

我笑了，但同时想起了黑贝，想起它自杀的情景，眼泪流了出来。

拉布拉多进口猎犬很快就送到了马场，我叫它的名字拗口，后来就简称拉多。

山洞的秘密折磨着我，我想，我还是说出来吧，不说出来，我会疯掉。

那天，连长带着云雾山哨所的一个班进了山洞，看见了那两架白骨。他们联系当地派出所，法医都来了。最后结论，洞是日本人修的。这两个人，死于十年前左右，一男一女。而十年前，几里地之外的一个村子，有一对恋人失踪。他们美丽的青春，就这样化成了两具白骨。

有两种传言，一是说这两个人，到洞里寻求浪漫，进去后，就出不来，饿死在那里。另一个版本是，他们的婚姻受阻，便殉情在山洞里。我倾向于第二种说法，这样，他们的死是主动的，不那么痛苦。

在山上放牧，美艳的公野鸡经常碰到，野猪也碰见过两三次。野猪并

穿军装的牧马人

不可怕,只要装成一具挺立的僵尸,它那两对尖牙就不会伤人。反倒是人,难得见一个,见到了,就是麻烦。有几次,我碰到老百姓到俄罗斯的土地上,采摘那种白色的蘑菇。我只是个牧马人,不负责巡逻,禁止这些人越界采蘑菇不是我的职责。可我总还是忍不住,把他们劝回自己的国土上。

我最怕遇到女孩子,她们三人成群,两个成伙,拎着篮子,旁若无人地越过国界线。我让她们回到这边来,她们嘻嘻哈哈,不睬我。我生气,她们就笑。我恨不得放狗,可又怕吓坏她们。我就站在那里,铁青着脸等她们。她们闹几下,笑几声,也就过来了。

她们过来后,我就赶着马群,急忙走开。我胆小,见了女孩就想逃。

可是,夜里,我却总是主动走近乡妹子的,还敢同她们说话。

月亮走我也走,我送阿哥到村口,到村口,阿哥是个边防军,十里相送难分手,难分手……

梦里,总会有这样一位乡妹子,站在遥远的村口,冲着我唱这首歌。

那个乡妹子就是秀清。是几个月前,家里给我介绍的邻村一个姑娘。我们通电话,秀清问我干什么的,我说,成天跟马在一起。我没敢说得太明白。秀清说,好啊,骑兵,真威风!我们就这么处上了。处了一年,秀清让我回家,可马离不开我。我没敢说马离不开我,我说部队训练任务太紧,回不去。秀清就说,你回不来,我去看看吧。我想拦,还没找到合适的理由,她已经出发了。

秀清要来队,让我头疼。我把这事闷在脑子里,闷了两天,闷到她下午就快到了,我找指导员,把这事向组织报告。指导员很高兴,说,下午到是吧?好说,下午我找个人替你放马,你洗个澡,换上一套干净的军装。连队不是还有几匹马可以骑吗?你就骑你的西风,虽然西风破相了,但它跑起来还是蛮潇洒的。你给她来一个"白马啸西风",把她拽上马背,带着她在山道上跑,没个不成的!

谁知,西风常年在大深山里,很少见过女人。秀清红色的上衣,淡青色的裤子，山里女孩子走路如风。西风看到一片红冲它而来，受了惊吓，狂奔而起，把我扔在路上。那是近一个世纪前，日本人修的水泥路，虽然没有骨折，足让我在地上躺了半个小时。

第一次见面，秀清呈现给我的，是一张面无血色的脸，一双惊恐的眼。我想对她解释，可我嘴笨，什么也说不出来。本来就木讷，常年在山里放马，语言功能退化了。

在连队招待房，我还是不会说什么。后来，我想，就把她当一匹马吧，不需要说话，只伺候着。我给秀清打水洗脸，倒水沏茶；之后，我递给秀清一只苹果。我说，吃苹果。秀清说，不打皮？我说，有苹果吃就不错了，还打什么皮。

不管怎么，终于对上话了。这时，通信员敲门，喊道，马跑得满山都是，谁也整不了，连长说让你去。西风像风一样消失了，我找了整个晚上，也没找着。马是有编制的，丢了可不是小事。直到第二天上午十点多钟，我才在一条溪沟里找到西风，它被困在了那里。我把它救了。我赶着西风往连队走，我说，西风，你老实点，我欠你一条命，今儿个还你了。

我赶着西风回来时，秀清的行李包已背在肩上。

秀清说，养马，在家里也可以养呀，干吗非要到部队来。她又说，你不就是一个穿着军装的农民吗？你还不如农民自由呢！秀清走了，自此没了音信。后来听家里人说，她跟一个搞建筑的包工头走了。

我迎风而立，风在我脸上，刀刻一般。我把我不屈的形象，挺立在全连战士面前。

连长不但给了我一杆枪，还有子弹，是空炮弹。连长说，没有弹头，但会喷出火光和火药味，足可以把野兽吓得屁滚尿流。连长除了给我枪弹，还决定配给我一个新兵。新兵叫单凯，瘦得像旱地里的一株高粱，脑袋大身子细。说是来放马，不如说是来养身体。我固执地认为，人太瘦了就是

穿军装的牧马人

有病。连长可真绝,给穿着军装的马夫,送来一个穿着军装的病号。不过,总算多了一个会说话的,我这个光杆班长,也真正意义上带起了兵。

单凯那说不上俊但也算不上丑的脸,一下子扭曲变形。我像是在镜子里,看到了多年前那个从老兵手中接过马鞭时的我。

我说,走吧!终于有了兵,我语气很硬,完全是下命令。单凯没反应,他长吁一口气,转过脸去,透过树梢,看那遥远的落日,之后,他整理一下背包,跟谁赌气似的,把步子迈得飞快。

这兵貌似老实,其实有脾气,不能来硬的,要感化。我冲上去,想抢过他身上的背包,他却飞也似的,把我甩出几丈远。

大雪飞扬。雪被风卷进马棚,在马棚里满屋飞舞。马受了惊吓,把栅栏撞开了,马全跑了。

风雪中听不到马蹄声,也看不到马走过的痕迹。马怕风,灵性的马,一定是顺风跑到山洼里去了。我带着单凯,往山里追。在岔路口,碰着连长,他带着全连的兵出动。我们很快找到了马,但马就是不停下来,我们又不能丢下马,就这样跟着军马走,一直跟到滑青山脚下。山洼里风小,马终于停下来。我们试着把马往马场赶,因为是逆风,马的眼都睁不开,更别说行走。我就对连长说,你们都回去吧,你们守在这里,马也回不去,与其大伙都挨冻,还不如我们两个人守在这里。

雪天,巡逻任务也重,连长就带着兵回去了。雪地里,只有我和单凯。连长回去后,又带着两个兵,给我们送来饭菜和汤,放在保温盒里的。那汤不热了,只有温乎气。我们喝了,心里暖暖的。

我和单凯站一会儿,活动一会儿,两个人彼此提醒、鼓劲,怕冻死在山里。我们守了整个夜晚,第二天早晨八点多钟,风停了,我们踏着深深的积雪,把马往回赶。

我浑身冻得哆嗦。单凯的眼泪都流出来了,他一路走一路哭,哭了二里地。一边哭一边擦泪，怕眼泪在脸上结了冰。一边擦泪一边自言自语，这当的什么兵，这兵当的为了什么？又自我回答，都是父母的错，让我来当兵！

我也哭了，单凯停止哭来安慰我。他说，班长你别哭，这不马上就到了吗？马群也都停下来，不嘶叫，静静地望着我。又慢慢地都耷拉下头，像是很自责。拉多跑过来，用它的脸蹭着我的腿肚子。之后，马群移动了，它们默默地往马场走。

雪地无声，马蹄在雪地里踩出清脆的声音，宁静了整个雪野。一路无人，洁白的天地间，只有一只狗，二十多匹马，两个军营牧马人。雪地里的单凯、马群和狗，在我眼里，是一幅磅礴大气的油画。

我们快到连队时，一连人站在雪中迎向我们。我和单凯的脚冻青了，军医用雪给我俩摩擦脚，按摩脚掌，硬是把我们青色的脚，变成肉红色。四只脚保住了，军医大汗淋漓。

雪化后，老兵退伍了，我留了下来，成为一名士官。指导员说，马是有编制的，可忽略不得。你这样的老实人，最适合放马。

我冲到雪花飞舞的林子里，喊了一声爹，我说，爹，儿子出息了；开春了，一定回去看你。

春天我并没回家。

马班的整个夏日都是在马点度过的。

马点就是临时放马场。夏秋时节，我们像游牧民族，赶着马进山，在野草茂盛的山里或河套搭帐篷，建临时马圈。那时，我和单凯每天三点起床，做早餐，准备午餐。早晨四点，我们带上午餐出发，晚上天黑回马点。大山沟里没有电，整个夏天，陪伴我们俩的是一个小半导体，还有我们从连队带去的几本书。一个夏天，那书也被我们翻烂了。

马无夜草不肥，我们晚上要起来给马添草，难得睡一个囫囵觉。夏日，

穿军装的牧马人

蚊子、蠓子多，躲避不及。穿着长袖衣服，戴着网罩，蠓子还是能叮满脸。草爬子常爬到我们身上，浑身瘙痒，一抓就冒黄水。上厕所成了一件非常困难的事，比上厕所更难熬的，是寂寞。冬天寂寞难耐时，可以在雪地里抽支烟，那寂寞，就慢慢地随着那缕青烟而逝。夏天防火，烟都不敢抽。

七月一日，我被批准为一名预备党员。指导员和连长带着一面党旗来到马点。我对着党旗宣誓。我非常激动，流了一脸的泪。泪水把我的过去都冲走了，也冲走了马点的苦，我走向了新的一天。

开春后，单凯走了，被送到地方农业大学学兽医。

我又恢复了一个人的放牧。

四姐在深圳打工，知道那个叫秀清的没看上我，心疼我，把和她一个车间的四川妹子介绍给我。这次，我直接告诉她我是部队放马的。

人家回信了，没说行，也没说不行，谈了她在那里的工作，也问了我的工作累不累。

我望着远山近水，我的拉多，我的马群，之后，眼前就是那个四川妹子。她叫陈晓，一个很洋气的名字，肯定也是一个洋气的女孩，人家能看上一个穿着军装的放马人吗？

晚上拉多睡了，马也消停了，我疲惫地躺在床上。我每次入睡前，无一例外地想起陈晓，那个我不曾谋面的川妹子。我连照片都没看过，但脑子里有一个模糊而漂亮的轮廓。我不让自己想，因为一想就失眠。但我做不到，还是想她。有几个晚上，我成功了，不想她了，她在深夜，却自个儿到梦里来了。

"这是恋爱的滋味吗？"清晨，我任凭马嘶狗叫，赖在床上不起来。

除了想四川妹子，我最想的人就是父亲。

母亲生我那年，我的农民父亲五十岁。父亲给我起名黄叶青。父亲识的字少，为何给我起这么个诗意的名字，我懂。我是他唯一的儿子，是他生命的延续，使他秋叶泛青。我这个名字，引起很多人误解，以为我爸至少是个乡村教师。

父亲最喜欢我这个宝贝疙瘩。这年初,父亲病了,托人发了加急电报,就想我回去看看,就想见见我这个老幺。单凯学习还没回来,别的人我放心不下,我说,等一等吧。就把中秋节等来了。连队给我送来饺子,包得现成的,肉馅素馅都有。其实,我很想跟大家一起体验中秋节包饺子的快乐。

白天的日头似乎还有些毒辣,但阳光照在我的身上却感不到温暖。这夜无月,夜并不黑,我也感觉不到夜风的凉意。我想,莫不是自己麻木了。我坐在帐篷外,久久不进屋,成为拉多和马群眼里,一个盼月的人。马就在我身旁躺着。马嘴里喷出来自它腹腔里的温热的气味。我似乎已习惯了这种气味。

我远离故乡,却是那个离故乡最近的人。这几天,我夜夜梦回故乡,与父亲相见,幻想中的那个川妹子的样子,却越来越模糊。

是心灵感应吗?第二天,我正在林子里放马,通信员坐着营部的吉普车,给我送来一份电报。我的老父亲,突发心肌梗死,最疼爱我的那个人去了。

我手捧那份电报,一屁股坐在地上哭起来。我哭得很伤心,越哭越想老父亲,越哭越觉得自己可怜。那些马都站立着,不吃草,静静地望着我。我突然感到,这些军马就是我的亲人啊!

每次回连队取给养,我总会到营院后面看一眼射击训练场。我面前的射击训练场总是寂静的。而我,从这寂静中,隐约能听见子弹的喧嚣与呼啸。多少年了,我没打过实弹。九七式全自动步枪,我从没摸过。炊事班的人都能打上枪,我不能。我的马,一天也离不开我。

马群在暮霭中的小树林里像云朵涌动,山谷的深处,雾正在慢慢地积聚起来,把白桦树湮没了,使山冈渐渐阴暗下来。

我领着狗,赶着马群往连队走。无论走多远,回到营区,最后踏上的是那段长长的一米多厚的水泥路。我每次踏上这条路,心情总会很复杂。

这是日本人修的，营区后的军营仓库，也是日本人留下的。他们把路修到这里，疯狂掠夺。他们砍树，开矿，杀人。我们赶走了他们。

这个时候，我的脚踏在坚硬的水泥路上，就特别有力，特别神圣。

指导员来马点，问我进退走留的打算。我才知道，作为兵，我几乎已经干到了头，十二年了，时光过得真快呀。我说，我听上级安排。我回答得轻描淡写，因为我心里清楚，晋升三级军士长太难了，全团总共就那么两三个名额，各专业各行业，大眼小眼都盯着呢，怎么会给我一个放马的。

离老兵离去的日子越来越近，我越来越难过，甚至烦躁。以前烦它们，真正要走了，竟然那么留恋。要走了，也不知道，我除了放马，还能干啥。我抚慰着一匹匹马，年老的、年轻的，搂着它们的脖颈，跟它们说话，话还没出口，声音已哽咽。它们听懂了我的话，摇头，摆动尾巴，踏出一片马蹄声。

下了一场雪，天凉了。我穿着摘去军衔的军装，站在长长的站台上。火车就要开了，我却不上车。我眺望着远山，眼前是那游动的马群，耳畔全是马蹄声响。

列车员第三次催我上车。就在我要钻进列车的那一刻，我听见一个声音，响亮地喊着我的名字。

黄叶青，黄叶青！你别走……

我转过脸，长长的空荡荡的站台上，团长狂奔着，向我冲过来。团长后面是营长，营长后面是连长，连长后面，是我新选上来的那个叫王小旺的兵，一张与我颇有些相像的放牛娃的脸。

我给团长敬礼，团长没有还礼。团长说，你不用走了，上级特批你为三级军士长。团长语气平淡，却像冬日里的炊烟，让我感到家的温暖。我当兵离家那天，年已七十的爹说他不送我。他坐在自己的屋子里不出来，可是，当我走到村角转弯处，回望我家的那青砖瓦屋时，我看见爹还是走出来了，他站在门前的土堆上，朝着我张望。我的眼泪，就是在那一刻，像初春的水流一样划过我的脸。

　　我把背包扔在那铺土炕上,冲出去搂抱我的军马,一匹匹地搂着,年老的,年轻的,搂着它们的脖子就不愿松开。我知道,是它们的存在,才有我存在的价值。人在军营,不就是图个存在的价值吗?

　　当然,我最终还是要走的,兵如庄稼,一茬又一茬。但我知道,这辈子我再也忘记不了我的军马,每一匹,都铭刻在我心里。再过几年,当我回到鄂西那个我称为故乡的小山村时,我的心,也一定会留在马场。我会常常梦回号角连营,与老马对话,与年轻的马潇洒驰骋,与它们缓慢地走在芳草萋萋的坡地上,同它们一起,慢慢老去。

火锅子

铁凝 \ 著

‖作者简介‖

铁凝,女,1957年生于北京,著有长篇小说《玫瑰门》《笨花》等,中短篇小说曾多次获全国奖。中篇小说《永远有多远》获第二届鲁迅文学奖。现为中国作家协会主席。

火锅子
huo guo zi

他和她站在窗前看雪，手拉着手。雪已经下了一个早晨，院子里那棵小石榴树好像穿起了白毛衣，看上去挺暖和的。

这棵小石榴树也就一人多高。别看树不大，可不少结果，一个秋天就结了四十多个石榴，压得树枝朝地上深深地弯着腰。那时候天还不冷，她拉着他走到石榴树跟前，有点赞叹、有点感慨地说：看把她给累的！仿佛石榴树是他们家的一名产妇。

他说，我就没觉得一棵树会累。

她说，我说她累她就累。

他笑了，看着她说，你呀。

今天，她站在窗前告诉他，雪中的石榴树穿着白毛衣挺暖和。

他说，我怎么没觉得。

她说，我就这么觉得。

他故意抬杠似的说，身上穿着雪怎么会暖和呢？

她急得摇了一下他的手说，我说暖和就暖和。

他告饶似的说，好好好，你说暖和就暖和。

她乐了，就知道他得这么说。又因为知道他会这么说，她心里挺暖和。

他87岁，她86岁。他是她的老夫，她是他的老妻。他一辈子都是由着她的性儿。由着她管家，由着她闹小脾气，由着她给他搭配衣服，由着她年节时擦拭家里仅有的几件铜器和银器。一对银碗，两双银筷子，一只紫铜火锅。

这么好的雪天，我们应该吃火锅。她离开窗户提议。

那就吃。他拉着她的手响应。

他们就并排坐在窗前的一只双人沙发上等田嫂。田嫂是家里的小时工，一星期来两次，打扫卫生，采购食品。今天恰好是田嫂上门的日子。雪还在下，他们却不担心田嫂让雪拦住不来。他们认识田嫂二十多年了，一个实在而又利索的寡妇。

田嫂来了，果然是风雪无阻。他们两人抢着对田嫂说今天要涮锅子。田嫂说，老爷子老太太好兴致。田嫂称他们老爷子老太太。

她说，兴致好也得有好天衬着。

田嫂说，天好哪里敌得过人好。瞧你们老两口，一大早起就手拉着手了。倒让我们这做小辈儿的不知道怎么回避呢。

认识的年头太久了，田嫂故意闹出点没大没小。

他们俩由着田嫂说笑，坐在沙发上不动，也不松开彼此的手。

其实田嫂早就习惯了老爷子老太太手拉手坐着。从她认识他们起，几十年来他们好像就是这么坐过来的。他们坐在那儿看她抹桌子擦地，给沙发和窗帘吸尘，把买回来的肉啊蛋啊蔬菜啊分门别类储进冰箱。遇上天气晴和，田嫂也会应邀陪他们去商店、去超市。老爷子在这些地方逛着逛着就站住脚对老太太说：挠挠。他这是后脊梁痒了。老太太这时才松开老爷子的手，把手从他的衣服底下伸进去，给他挠痒痒。田嫂闪在一旁只是乐。他们和田嫂不见外，却没有想过请她做住家保姆，或者是请她以外的什么人进家。田嫂知道，他们甚至并不特别盼着四个孩子和孩子们的孩子定期对他们的看望。那仿佛是一种打扰，打扰了他们那永不腻烦、永不勉强的手拉手坐着。每回孩子们来，老爷子老太太总是催着他们早点走，给人觉得这老俩急于要背着人干点什么。这是哪辈子修来的！田嫂叹着，一边觉出自己的凄凉孤单，一边又被这满屋子的安详感染。

他催着田嫂去买羊肉，她嘱咐田嫂把配料写在纸上省得落下哪样。田嫂从厨房拿出一张折叠整齐的白纸展开说，上回买时都记下啦，我念念你们听听。无非是酱豆腐，卤虾油，韭菜花，辣椒油，花椒油，糖蒜，白菜，香菜，粉丝，冻豆腐……田嫂念完，老爷子说，芝麻酱你忘了吧？老太太说，芝麻酱家里还有半罐子呢。老爷子又说，还有海带，上回就忘了买。田嫂答应着，把海带记在纸上。涮海带是老爷子的创新，一经实践，老太太也喜欢上了。海带是好东西。

火锅子
huo guo zi

田嫂就忙着出去采购。出门前不忘从厨房端出那只沉甸甸的紫铜火锅，安置在客厅兼餐厅的正方形饭桌上，旁边放好一管牙膏和一小块软抹布。这是老太太的习惯，接长不短的，她得擦擦这只火锅。隔些时候没擦，就觉得对不起它。上一回吃了涮锅子她还没擦过它呢，有小半年了。上一回，是为了欢迎没见过面的孙子媳妇，老爷子老太太为他们准备了涮锅子。

他见她真要擦锅，劝阻说，今天可以不擦，就两个人，非在乎不可啊？

她说，唔，非在乎不可，两个人吃也得有个亮亮堂堂的锅。说着从沙发上起身坐到饭桌旁边，摸过桌上的抹布，往抹布上挤点牙膏，用力擦起锅来。

他就也凑过来坐在她对面看她擦锅。锅可真是显得挺乌涂，也许是他的眼睛乌涂。他的眼睛看着火锅，只见它不仅没有光泽，连轮廓也是模糊一团。他和她都患了白内障，他是双眼，她是右眼。医生说他们都属于皮质性白内障，成熟期一到就可以手术。他和她约好了，到时候一块儿住院。

她擦着锅盖对他说，你看，擦过的这块儿就和没擦过不一样。他感受着她的情绪附和着说，就是不一样啊，这才叫火锅！

他俩都喜欢吃火锅，因为火锅，两个人才认识。上世纪50年代初，他们正年轻，周末和各自的同事到东来顺涮一锅。那时有一种"共和火锅"，单身的年轻男女很喜欢。所谓共和，就是几个不相识的顾客共用一只火锅，汤底也是共用的。锅内栏出若干小格，好比如今写字楼里的隔断式办公。吃时每人各占一格，各自涮各自点的羊肉和配料。锅和汤底的钱按人头分摊，经济且节能。那时候的人和空气相对都更单纯，没有SARS，也不见H7N9。陌生人同桌同锅也互不嫌弃，共和着一只大锅，颇有四海之内皆兄弟之气象。那天他挨着她坐，吃完自己点的那份肉，就伸着筷子去夹她的盘中肉，她的盘子挨着他的盘子。他不像是故意，她也就不好意思提醒。可是他一连夹了好几筷子，她的一位男同事就看不公了，用筷子敲着火锅对他说，哎哎，同志，这火锅是共和的，这肉可是人家自己的！同桌的人笑起来，他方才醒悟。

她反倒因此对他有了好感，就像他对她同样有好感。后来他告诉她，那天他在她旁边一坐，心就慌了。她追问他，是不是用吃她盘子里的肉来引起她的注意？他老实地回答说没想那么多，他也不知道自己怎么了。他们开始约会，她知道他是铁路工程师，怪不得有点呆。他知道她在一个博物馆当讲解员，怪不得那么伶牙俐齿。后来他们就成了一家人。在她的嫁妆里，除了一对银碗，两双银筷子，还有一只紫铜火锅。

紫铜火锅是她姥爷那辈传下来的，姥爷家是火锅手艺人，从前他们家手工打制的火锅专供京城皇宫。这只火锅，铜是上好的紫铜，光泽是那么油润而不扎眼。锅盖和锅身均无特别的装饰，只沿着人字形的炭口镶嵌了一组黄铜云朵。她没事就把它搬出来擦擦，剪一块他穿糟了的秋衣袖子，蘸着牙膏或者痱子粉擦。她是个爱干净的人，能用猪皮把蜂窝煤炉子的铸铁炉盘擦成镜子，照得见人影儿。当她神情专注地擦着火锅时，家里的气氛便莫名地一阵阵活跃，他的食欲给调动起来，仿佛东来顺似的涮锅子就要开始了。

她真给他做过涮锅子，没肉，涮的是虾皮白菜，蘸酱油。他们结婚以后迎来了食品匮乏的时代，总是缺油少肉，副食品供应也要凭证凭票。平常人家，很少有人真在家中支起火锅涮肉——去哪儿找肉呢？八年间他们生了四个孩子，更需处处精打细算。但是他爱吃她做给他的虾皮涮白菜或者白菜涮虾皮，当他守住那热腾腾的开水翻滚的火锅时，心先就暖了，他常常觉得是家的热气在焐着他。家里一定要有热气，一只冒着热气的锅，或者一张锃亮的可以直接把冷馒头片摆上去烤的蜂窝煤炉盘，都让他感到温厚的依恋。只是他不善言辞，不能把这种感觉随时表述给她。他认真地往火锅里投着白菜，她则手疾眼尖地在滚沸的开水里为他捞虾皮。一共才一小把虾皮，散在锅里全不见踪影。可她偏就本领高强，大海捞针一般，

火锅子

手持竹筷在滚水里捕捉,回回不落空。当她把那线头般的细小虾皮隔着火锅放进他的碗时,他隔着白色的水气望着她,顶多说一句:看你!

有时候,他也想把火锅里的精华捞给她吃,虽然充其量只是几枚虾皮。但他手笨,回回落空。仅有一次他的筷子钳住个大家伙,捡出水面看看,不过是一颗红褐色的大料。她叫他把大料放回锅里,一锅白开水指着它提味儿呢。他就不再和她比赛捞虾皮了,他心满意足地吃着虾皮白菜,忽然抬起头冒出一句:我老婆啊!

他知道这一生离不开她,就像她从来也没想离开他一样。一辈子,他们只分开过有数的几回,包括她生四个孩子的那四次住院,也还有他在那场巨大的革命中被送到西北的深山里劳动一年。后来他和一批同事提前回到城市,他们被编入一个科研攻关组,为铺设北京第一条地铁效力。虽然他远不是其中的主角,也没在真正的一线,可这并不妨碍他们的小儿子每次乘地铁时总对同学吹嘘:知道这地铁是谁设计的吗?我爸!

田嫂回来了,羊肉、调料样样齐备。她一头钻进厨房,该洗的洗,该切的切,眨眼间就大盘小碟地摆出一片。她把那些盘盏依次从厨房端出来,端上老爷子老太太守着的餐桌,绕着桌子中央的大火锅码了一圈,众星捧月一般。接着,田嫂还得先把火锅子端走——老太太擦得满锅牙膏印,得冲洗干净。好比一个洗澡的人,不能带着一身肥皂沫就从澡堂子里出来。田嫂在厨房的水龙头下冲洗着火锅,发现这锅并没有像从前那样被老太太擦得锃亮,锅身明一块暗一块的,锅脚干脆就没有擦到,边边沿沿,渍着灰绿色的铜锈。想到老人的眼疾,田嫂心话,真难为您了。那边老太太又问锅擦得亮不亮,如同孩子正等待大人的褒奖。田嫂打算撒个小谎,高声应答说,亮得把我都照见啦!把我脸上的黄褐斑都照见啦!他和她听见田嫂的话,呵呵笑起来。

续满清水、加了葱、姜、大料和几粒海米的火锅重又让田嫂端上饭桌,只等清水咕嘟咕嘟滚沸,涮锅子就正式开始了。他和她欢悦地看着桌上的火锅和火锅周围的盘盏，尽管那火锅在他们眼里绝谈不上光芒四射，但田嫂的形容使他们相信那锅就像从前，几年、几十年前一样的明亮。田嫂则"职业性"地偏头看看火锅的炭口，炭火要旺啊。这一看，哎哟喂！田嫂叫了一声，真是忙中出错，她忘记买木炭了。

这个忘记让他和她都有点扫兴，可他们又都不打算退而求其次——去搬孙子媳妇送的一只电火锅。他曾经说过，那也能叫火锅？田嫂也没打算动员他们使用电火锅。就为了已经端坐在桌上的这只明一块、暗一块的紫铜火锅，她也得冒雪再去买一趟木炭。就为了老爷子和老太太的心气儿，值。

等着我啊，一会儿就回来。田嫂像在嘱咐两个孩子，一阵风似的带上门走了。

他和她耐心地等着田嫂和木炭，她进到厨房调芝麻酱小料，他尾随着，咕咕哝哝地又是一句：我老婆啊。

他一辈子没对她说过缠绵的话，好像也没写过什么情书。但她记住了一件事。大女儿一岁半的时候，有个星期天他们带着孩子去百货公司买花布。排队等交钱时，孩子要尿尿。他抱着孩子去厕所，她继续在队伍里排着。过了一会儿，她忽然觉得有人在背后轻轻拨弄她的头发。她小心地回过头，看见是他抱着女儿站在身后，是他在指挥着女儿的小手。从此，看见或者听见"缠绵"这个词，她都会想起百货公司的那次排队，他抱着女儿站在她身后，让女儿的小手抓挠她的头发。那就是他对她隐秘的缠绵，也是他对她公开的示爱。如今他们都老了，浑身都有些病。他们的听觉、味觉、嗅觉和视觉一样，都在按部就班地退化。但每次想起半个多世纪前的那个星期天，她那已经稀疏花白、缺少弹性的头发依然能感到瞬间的飞扬，她那松弛起皱的后脖颈依然能感到一阵温热的酥麻。

一个多小时之后，田嫂又回来了，举着家乐福的购物袋说，木炭来了木炭来了，不好买呢，就家乐福有。

火锅子
huo guo zi

火锅中的清水有了木炭的鼓动,不多时就沸腾起来。田嫂请老爷子老太太入席,为他们掀起烫手的锅盖。他们面对面地坐好,不约而同看一眼墙上的挂钟,朦朦胧胧的,仿佛是 11 点半了吧?要么就是 12 点半?心里怪不落忍,齐声对田嫂说,可真让你受累了!

田嫂没有应声,早已悄悄退出门去。她心里明白,这个时候,老爷子老太太身边别说多一个活人,就是多一只空碗,也是碍眼的。

他们就安静地涮起锅子。像往常一样,总是她照顾他更多。他们的胃口已经大不如前,他们对涮羊肉小料那辛、辣、卤、糟、鲜的味觉感受也已大打折扣。可这水汽蒸腾的锅子鼓动着他们的兴致。他们共同向锅中投入眼花缭乱的肉和菜。她捞起几片羊肉放进他的碗里,他就捞起一块冻豆腐隔着火锅递给她。她又给他捞起一条海带,他就也比赛似的从锅里找海带。一会儿,他感觉潜入锅中的筷子被一块有分量的东西绊住了,就势将它夹起。是条海带啊,足有小丝瓜那么长,他高高举着筷子说:你吃。

她推让说:你吃。

他把筷子伸向她的碗说:你吃。

她伸手挡住他的筷子说:你吃,你爱吃。

他得意地把紧紧夹在筷子上的海带放进她的碗里说,今天我就是要捞给你吃。

她感觉被热气笼罩的他,微红的眼角漾出喜气。她笑着低头咬了一小口碗里的海带,没能咬动。接着又咬一口,还是没能咬动。她夹起这条海带凑在眼前细细端详,这才看清了,她咬的是块抹布,他们把她擦火锅的那块抹布涮进锅里去了。

他问她:还好吃吧?她从盘子里捡一片大白菜盖住"海带"说,好吃!好吃!

她庆幸是自己而不是他得到了这块"海带",她还想告诉他,这是她今生吃过的最鲜美的海味。只是一股热流突然从心底涌上喉头,她的喉咙发紧，什么也说不出来，就什么也没再说。

他又往锅里下了一小把荞麦面条，她没去阻拦。喝面汤时，他们谁都没有喝出汤里的牙膏味儿。

她双手扶住碗只想告诉他，天晴了该到医院去一趟，她想知道眼科病房是不是可以男女混住？她最想要的，是和他住进同一间病房。

雪还在下，窗外白茫茫一片。那棵小石榴树肯定不再像穿着毛衣，她恐怕是穿起了棉袄。

她的名字

苏童／著

作者简介

苏童，代表作有中篇小说《妻妾成群》《红粉》《罂粟之家》等，长篇小说《米》《我的帝王生涯》《河岸》等。获第三届英仕曼亚洲文学奖、第八届华语传媒文学大奖、第五届鲁迅文学奖。

她的名字

ta de ming zi

一

　　她家隔壁有个胖女孩,与她同龄,名叫顾莎莎。顾莎莎的上身像一只砀山梨,双腿像一对洗衣槌。她的身材不知要比顾莎莎苗条多少倍,但是顾莎莎不叫福妹,是她叫福妹。她家的斜对面还有个少女,名叫凌紫。凌紫是她的好朋友,除了脸上有几颗青春痘,长得算是俏丽的。她自知容貌普通,不及凌紫,幸运的是,她的皮肤好,她的皮肤不知要比凌紫白皙多少倍,这一点,连凌紫也羡慕不已。但是,世上就有如此不公的事,人们亲昵地称胖女孩为莎莎,喊她的好朋友阿紫,她却被唤作福妹。有什么办法呢?要怪就怪祖母赐予她的名字。她的名字就叫段福妹。

　　长大之后,福妹一直嫌弃自己的名字。

　　嫌弃到最后,几乎是痛恨了。她认为这个俗气而卑下的名字,令她无端蒙羞,它像一个羞耻的记号,刻在她的身上,提前毁坏了她的生活。她质问过父亲,为什么哥哥叫段明,弟弟叫段勇,我要叫福妹?哪怕叫段红也行,凭什么让我叫福妹?段师傅认为女儿无理取闹,他说,叫什么还不一样?你的名字是奶奶取的,她心疼你,指望你以后有福气,你怎么就不知好歹?她继续问责父亲,为什么哥哥弟弟的名字是你取,我的名字就要让奶奶取?父亲说,你妈妈生你的时候,奶奶从乡下来伺候月子,赶巧了。她沉默了一会儿,突然跺脚道,谁要她来的?这个乡下老太婆,害死我了!她对祖母的不敬引起了父亲的愤怒,为了这次泄愤,她挨过父亲一个响亮的耳光。

二

　　她一心要更名,与自己的名字一刀两断。

　　摆脱祖母愚昧的祝福,从侧面报复父亲对她这个生命的轻慢,这让她感到一丝反叛的喜悦。她在纸上草拟了好多新的名字，拿给阿紫看。阿紫毫不掩饰对那堆名字的鄙夷，什么姗姗？什么小洁？什么美娜？笑死我了，你挖空心思，就琢磨出这些好名字？都烂大街啦！她委屈地叫起来，美娜都不好？段美娜，多洋气啊！阿紫撇嘴说，还洋气呢，收购站那个胖阿姨就叫陈美娜，你要跟她同名？你崇拜她？她无趣了，赌气撕掉那张纸，说，反正哪个都比福妹强，我叫什么都行，就是不叫福妹了，我一写自己的名字，就觉得那两个字张着嘴，笑话我！

　　阿紫应允她，三天之内为她选择一个好名字。福妹相信阿紫的品位，天天去催阿紫，但她等来的，不过是段嫣这个名字，虽然摆脱了土气，看起来还是普通。福妹不解其意，问，段嫣有什么好？这个嫣字，还那么多笔画，写起来烦死人。阿紫指着自己的鼻子，我叫什么？我叫凌紫，你叫段嫣，我们两个配在一起，就是姹紫嫣红，绝配啊。福妹念叨了几遍段嫣这个名字，还是失望，说，你那个紫很雅致，我这个嫣，很一般嘛。阿紫说，你懂什么？凌紫段嫣，你要连起来念，连起来，很好听的！她听从阿紫的命令，把两个名字连起来念，也许她太崇拜阿紫了，也许是暗示的力量，福妹的口腔里发生了奇迹，那四个字的音节如同花草缠绕攀援，她依稀看见了一片姹紫嫣红的新世界，两朵花，她与阿紫，紧紧依偎，真的像两朵花，呈现出公平的美丽。她爱上了这个名字，它不仅妩媚，还因为与阿紫的名字配了套，结了盟，显示出一种强大的不可轻侮的力量。

三

　　她心里清楚，在更名的问题上，父亲的障碍无法清除，无论改一个什么样的名字，他都不会同意，唯一可行的是先斩后奏。她偷偷从家里拿了户口簿，约上阿紫，一起去了派出所。

　　值班民警刚刚处理完两个家庭的斗殴事件，白制服的胸口留下了一

她的名字

ta de ming zi

块暗红色的血迹，非常刺眼。对于两个少女的来访，他很不耐烦，捣什么乱？名字能随便改吗？未成年人，不得擅自改名，要改名需要家长申请，还要所长批准！福妹不懂得如何与人交涉，更不擅长求人，自然是阿紫替她出头。阿紫伏在窗口，叔叔长叔叔短地央求了半天，未见分晓，后面的福妹呜呜地哭起来了，嘴里埋怨道，官僚主义，官僚主义！民警说，我这算官僚主义？好，我这个官僚主义，专门对付你的自由主义。又发牢骚说，现在的小姑娘，都让父母惯坏了，为个名字，有什么好哭的？叫福妹有什么不好？不是很喜庆的吗？她反唇相讥道，既然福妹这个名字好，你为什么不叫福妹？那民警被她的锐利惹笑了，亮出他的证件说，你让我叫福妹？那你要不要叫大刚，干脆我们俩换个名字？

她们终究知道派出所是个冷酷的地方，再缠下去也是徒劳，阿紫拉着福妹跑出派出所，低声说，现在什么事都要走后门的，你要去找李黎明，李黎明他爸爸，是这里的所长。福妹脑子里浮现出一个瘦高挑少年的身影，穿一身运动服，膝盖上毫无必要地绑了两块蓝色护膝，他不是在刀具厂门口的小广场踢足球，就是和几个男孩坐在善人桥上，看来来往往的路人，傻笑，或者无端起哄。她从来不与陌生男孩打交道，有点畏难，对阿紫说，他们男孩不喜欢我的，你帮我去说说看，你那么漂亮，李黎明肯定会给你面子。她的奉承取悦了阿紫，但阿紫面有难色，说，听说那个李黎明是花花肠子，他喜欢跟女孩子接吻的。福妹哎呀叫了一声，脸色已经绯红，嘴里说，什么接吻？说那么肉麻，就是让他亲一下吧？阿紫朝她翻了个白眼，你是装傻还是真傻？亲一下是亲一下，接吻是接吻，两回事！又皱起眉头说，听说李黎明有个笔记本，专门记录女孩的名字，吻一个记一个，说是要记一万个名字，以后去申请吉尼斯世界纪录！福妹听得愣怔，醒过神来，轻蔑地说，吻一万个？他神经病啊？别人又不是傻子！

要不要去找李黎明，她们谁也不敢拿主意。两个人尽量避免直视对方，双方的目光因此显得鬼鬼祟祟的。路过善人桥边的水果店，他们闻到了一股水果散发的甜酸味，阿紫说，进去看看，肯定有处理水果卖。架子上果然有一堆桃子，标价是五角钱。阿紫说她要吃桃子，掏掏口袋，又说忘了带钱，福妹便知趣地掏出她仅有的五毛钱，买了四个桃子。

她们往善人桥的桥垛下走，去石埠上洗桃子。桥洞里似有人声，他们知道善人桥特有的地形，从石埠上稍微花点力气，便可爬到圆拱形的桥洞里，遇到大热天，经常有男孩子聚集在那里打牌消暑的。但这一次，她们的脚步声惊动了一个穿绿色连衣裙的女孩，她突然从桥洞里跳了出来，用一块手帕蒙着半张脸，慌慌张张地奔上石埠，像一支箭，从他们的身边掠过去了。他们吓了一跳，回头瞪着那个绿色的背影，福妹问，是谁？你看清楚了吗？阿紫说，可能是桃花弄的乔莉，她的眼睛像猫眼睛，有点发绿的。又压低声音，吞吞吐吐地告诉福妹，她，那个作风，很那个什么的。

她们蹑手蹑脚地下到水边，蹲在石阶上洗桃子，洗得并不专心，两个脑袋都小心翼翼地转向桥洞。桥洞里的另外那个人，恰巧是李黎明。李黎明若无其事地站在桥洞里，不仅不躲闪，反而有点炫耀，他的后背倚靠在桥洞壁上，虚了一只眼睛，叼着香烟，膝盖上的两块蓝色护膝在暗处闪闪发亮。福妹和阿紫对视了一眼，用四只桃子在水里展开对话。阿紫的桃子撞了一下福妹的桃子，表达的几乎是惊喜：看看，看看，我没骗你吧？他在这里吻乔莉！而福妹的桃子反撞阿紫的桃子，传递的是紧张与慌乱，怎么办？我们怎么办？她用桃子向阿紫讨教主意，阿紫是知道的。阿紫站起来，用牙齿慢慢地清理桃子的皮，嘴里评论的是桃子，她说，处理无好货，这桃子一点也不甜。

是李黎明先跟她们搭讪的，准确地说，李黎明是在跟阿紫搭讪。他向阿紫挥挥手说，不甜给我吃！阿紫，给我吃个桃子！

阿紫没有给他好脸色，她说，给你吃个屁。我们买的桃子，凭什么给你吃？福妹急了，她担心阿紫的态度会破坏这个难得的机会，举起手里的桃子向桥洞示意，我的给你吃，已经洗干净了。她把桃子扔给李黎明，回

她的名字
ta de ming zi

头看着阿紫，阿紫似乎反感福妹的急功近利，又不便批评她，就对着桥洞照本宣科，我告诉你，福妹的桃子不能白吃的，你要帮她一个忙，到你爸爸那儿走个后门，明天就把她名字改了，她不愿叫段福妹，要叫段嫣了！

李黎明没有表态。他眨巴着眼睛，似乎在思索这笔交易是否值得一试。他三口两口便吃完了桃子，用桃核在河面上打出了一串漂亮的水花，然后表态了。他说，想得美，一个桃子就来走我的后门？你们的面子比地球还大么？

福妹失望地看着阿紫，阿紫的表情有点诡秘，福妹又看一眼手里的另一只桃子，对着桥洞喊，那我再给你一个？她想扔第二个桃子，被阿紫拦住了。他这种人，喂多少桃子也没用的。阿紫跟福妹耳语道，他要什么，我不是告诉你了吗？福妹未及反应，听见阿紫用一种老练的谈判者的腔调说，李黎明你听着，你的要求我知道，没什么大不了的，不过我告诉你，福妹可不是乔莉，要是让你那个了，你要保证，不能往本子上记她名字。

福妹要捂阿紫的嘴，来不及了。她听见李黎明说，你瞎操什么心，我的花名册哪能随便给人看？只有吉尼斯纪录组委会有权力看。阿紫说，还有一个条件，不能超过一秒钟，我在旁边数，滴答一下，必须停止。福妹这时已经羞红了脸，举起拳头在阿紫肩上捶了一下，阿紫，你神经病，你去跟他滴答一下好了！

福妹仓皇地往上跑，听见阿紫在后面骂，没出息的东西，你只配叫福妹，就一个滴答，有什么大不了的？福妹已经快跑到大街上了，忽然觉得自己在错失良机，滴答，她在心里数了一下，滴答，其实是很快的，滴答一下，她就可以不再叫福妹了。她站住，回头朝阿紫看，眼睛里有了明显的悔意。阿紫气咻咻的，叉着腰在台阶上走，嘴里说，气死我了，段福妹同志，我再也不管你的闲事了。福妹咬着手指思考了两秒钟，冲下去挽住了阿紫，不会上他当吧？要是他过河拆桥呢，我们怎么办？阿紫气还没消，目光凶狠地徘徊在福妹的面孔与桥洞之间，突然大声地说，李黎明你听着，

097

人家问你呢，要是你过河拆桥怎么惩处？李黎明在桥洞里探出脑袋，说，那要看你阿紫够不够义气了，你要是也让我吻一下，我保证，明天她就可以改名，我要是骗你们，罚款一百元，够不够？

　　李黎明的要求，对于阿紫是无理的，对于福妹，不啻一个好消息。福妹捏了捏阿紫的手，用眼神哀求她，用手势鼓励她。阿紫怨恨地拍开福妹的手，嘴里说，烦死了，陪你走这么多路，陪你磨破了嘴皮子，还要陪上初吻？这是我的初吻呀，你懂不懂？福妹被她说得害怕，一下乱了方寸，嗫嚅道，那就算了，我们回家吧？但是，这次是阿紫拽紧了福妹的胳膊，把她拉到桥堍背光的一侧，阿紫谨慎地观察善人桥桥头的动静，桥上无人经过，阿紫忽然下了决心，说，走！我豁出去了，帮你帮到底吧！

　　福妹不记得自己是怎么来到李黎明面前的，只记得他温热柔软的嘴唇上有一股烟丝味，与父亲骂人时口腔里喷发的烟臭不同，李黎明的烟丝味有点香甜。她分不清他脸上的笑意是调皮还是讥嘲，他的目光游移不定，更多的投向了阿紫那一侧。她听见阿紫用夸张的声音数时间，滴答，滴的一声，烟味来了，答的一声，烟味远了，那个吻就草草结束了。她的头脑一下变得晕乎乎的，嘴唇上有点潮，她捂住嘴唇，依稀听见阿紫说，福妹，你来替我数。她看见那两个人站到了一起，像两名格斗士一样，面对面地探寻着什么，李黎明的脸孔向阿紫迫近，嘴唇启开，李黎明的眼睛里有一簇炽烈的光焰，它在炙烤阿紫的面孔，福妹觉得他对阿紫的吻很投入，与自己的并不一样。福妹准备好了数滴答，但是阿紫没有准备好，阿紫突然捂住了嘴咯咯地笑，阿紫一边笑一边叫，太滑稽了，哎呀，笑死我了！然后，阿紫临阵脱逃，转过身，一猫腰，从桥洞里跳出去了。

四

　　为了新名字，她转了学，从此上学要多走一千米路。

她的名字
ta de ming zi

在陌生的铁路子弟学校，有一个初中女生叫王福妹，还有一个高中女生叫高福梅，铁路司机的女儿，就在她一个班上。她对高福梅这样的名字有着本能的怀疑，悄悄地问其他女生，那个高福梅，原来是不是叫高福妹呀？她的怀疑果然被印证，别人夸她赛神仙，她不敢得意，反而有点心虚，说，我瞎猜呢。她努力地在新环境里塑造段嫣的形象，广交朋友，但对待高福梅是例外，她看见高福梅，就像看见自己的一条不洁的尾巴，总是绕着走。

无论如何，她不再是段福妹，她是段嫣了。新生的段嫣。名正言顺的段嫣。唯一的隐患是王德基的小女儿秋红，她不知怎么也舍近求远，在铁路子弟学校上学，有一次秋红跟着她进了厕所，问，你不是段福妹吗？怎么成了段嫣了？她没好气，朝秋红翻了个白眼，你是谁？我不认识你，别来跟我说话！

父亲大骂了她一顿，之后不得不默认女儿改名的事实，这对于她来说算是极大的仁慈了。父亲依然叫她福妹，她不奢望父亲会改口，只要求哥哥弟弟改口叫她段嫣。她哥哥段明试着叫了几次，很快不耐烦了，说，什么段嫣？太别扭了，好像是在喊外人的名字，你要是不让喊你福妹，我以后就叫你喂，好不好？她弟弟段勇则狡诈，只在有求于她的时候叫段嫣，平时，还是口口声声叫福妹，她不答应，段勇故意会尖叫，福妹福妹福妹！你耳朵聋了？

桑园里的那些邻居知道她改了名，有人是愿意成全她的，喊她福妹不答应，便及时地改口，只是他们大多昏庸无知，总是记错她的新名字，有人记成了段燕，有人记成了段英，阿紫的奶奶最荒唐，她不知怎么把福妹的新旧名字综合了一下，喊她燕妹。段嫣很沮丧，向阿紫诉苦说，你听见了吗，你奶奶总叫我燕妹！告诉她三遍了，就是记不住。阿紫说，你急什么？燕妹不比福妹好一点？慢慢来，现在他们不习惯，以后就习惯了。

所幸有阿紫，也只有阿紫，她总是能够在朋友的窗前，以响亮的声音，自然地喊出那个新名字，段嫄，段嫄，你出来一趟！在很长一段时间里，是阿紫的声音证明了段嫄的存在。所以，段嫄对阿紫的依赖，不仅出于友情，还包含着一颗感恩之心。

五

她和阿紫。

她们是姹紫嫣红的组合。

可惜时光无情。时光无情地摧残了世界上的许多友谊之花，也包括段嫄和阿紫的这一朵。我们大家都知道，姹紫嫣红最终成了残花败柳，后来的段嫄和阿紫，几乎是一对冤家。段嫄后来的好朋友是胖姑娘顾莎莎，而阿紫后来再也没有影子般的女友了，围绕着阿紫的，都是男孩，其中包括那个李黎明。

友情的破裂大凡是因为背叛，被背叛者往往有很多故事向他人倾诉。段嫄后来告诉过顾莎莎，她之所以与阿紫决裂，是因为阿紫泄露了她最大的隐私，否则，桑园里的街坊邻居怎么会谈论李黎明的吉尼斯纪录本子呢，她父亲又怎么会知道她的名字出现在那个本子上呢？她更不能原谅的是阿紫的自私。那天她父亲大发雷霆，拉着她去阿紫家里求证女儿的清白，阿紫没有帮她。阿紫不肯为她作证，她根本没有与李黎明接吻，只不过是让他亲了一下，滴答一秒钟，亲一下而已。阿紫只是一味地撇清自己，向自己的父母和祖母赌咒发誓，我不知道她的事情，反正我没有让他吻过，反正我凌紫的名字，不在他的本子上，我要骗你们，出门就掉河里，淹死！

她开始冷落阿紫，与顾莎莎形影不离了。阿紫争取过这份友情，好几次跑到段嫄的窗前来，段嫄，段嫄你出来，我们去看电影！这么喊了几次，她不予理睬，阿紫意识到那是一种绝交的信号，气坏了，在外面大喊大叫，段福妹，我算是认识你了，你才是过河拆桥的白眼狼，没良心！你不配叫

她的名字
ta de ming zi

段嫣，只配叫段福妹，你就天天跟顾莎莎在一起吧，你们两个大胖子，去合肥吧！

她也不想看见李黎明，看见他的嘴唇，她会想起初吻这个字眼，心里莫名地慌乱，然后嘴唇便有点微微的酥痒，那讨厌的酥痒感令她感到羞耻。但她很想看见他那个本子，上面记录的她的名字，是段福妹，还是段嫣？如果是段福妹，如果是那个已经抛弃的名字，她的感受会稍稍好一些。

她没有勇气去询问李黎明，隆重地委托顾莎莎去打听。顾莎莎自己不敢去，又委托她表哥三霸去问。这倒是个聪明的办法，三霸在香椿树街上威风八面，所有人都惧他三分，他找到李黎明，李黎明老老实实地拿出了他珍贵的本子。三霸告诉顾莎莎，他看清楚了，那本子上不过记录了十来个女孩子的名字，没有段福妹，只有段嫣，位列最后一位。

段嫣得知这个消息，一下就哭了，跺脚道，该死，该死，刚改的名字，就给弄脏了！顾莎莎不知道怎么安慰她，陪她声讨了李黎明，顺带着抨击了阿紫，忽然灵机一动，说，你别叫段嫣了，去跟那种人配什么套？干脆再改一次名字，跟我配个套吧，你叫段菲菲算了！她抹干眼泪，说，你说得轻巧，好不容易改了名字，派出所怎么会让我再改一次？除非等到十八岁，法律规定，满了十八岁，你爱叫什么名字就叫什么名字。顾莎莎叫起来，等到十八岁？还有两年呢，万一李黎明的本子公开了怎么办？万一他真破了吉尼斯世界纪录，全世界都看得到段嫣这个名字，你不是臭名昭著吗？她被顾莎莎说得面色如土，发狠道，真要有那么一天，我跳河自杀！顾莎莎观察她的表情，看不出来那是真话还是假话，顾莎莎说，要不，让我爸爸去找谢叔叔？他们是老朋友，谢叔叔是市局的，管李黎明他爸爸。看段嫣开心起来，顾莎莎又适时地强调说，不过有个条件，不准反悔，我们先说好，你得叫段菲菲，跟我配套！

她把家里的户口簿悄悄交给了顾莎莎，也把第二次更名的重任交给了顾莎莎。但等了两天，顾莎莎那边毫无动静，她担心父亲发现，去催顾莎莎。未料顾莎莎的口径改了,说她爸爸与谢叔叔现在没那么热络了,找他办事要送礼的。又吞吞吐吐地说,谢叔叔是个烟鬼,最喜欢抽中华牌香烟。她听出顾莎莎的意思,问,送一包?顾莎莎撇嘴道,一包香烟,那叫什么送礼?她当即大叫,一条?中华牌香烟那么贵,我怎么送得起?你爸爸不是敲竹杠吗?顾莎莎有点不悦,你怎么冤枉我爸爸呢?他又不抽烟的。她自知失言,吐了舌头说,不就是改个名字么,有那么贵吗?顾莎莎说,我爸爸说了,改一次名字好办,改了又改才难办的,我也没办法,要不你把户口簿拿回去,你还是叫段嫄,等到十八岁再改吧。她僵立在顾莎莎的小房间里,不肯去接户口簿,也不甘心放弃,脑子里盘算着自己攒的私房钱,突然抬头看着顾莎莎,问,你能不能借我一点钱?顾莎莎思考了一下,表态道,我只有十多块钱,都借给你好了。她冷笑一声,你们家那么富,你只有十块钱?鬼才信,我就知道你是小气鬼。顾莎莎为了证明自己的清白,打开了她的小钱包,段嫄不愿意检查那个空瘪的纸钱包,赌气道,算了,我还是叫段嫄吧,我就准备以后跳河自杀吧。她拿过户口簿准备走了,听见顾莎莎突然叫道,你们家不是有个紫铜脚炉吗?我爸爸说了,旧货市场有人收紫铜脚炉,一百块一个!她一愣,站在门口犹豫了半天,说,那是我妈妈的遗物,拿脚炉去卖钱,我妈妈的阴魂会不会来找我算账?

六

那只紫铜脚炉,为她获得段菲菲这个名字,立下了汗马功劳。

但顾莎莎的功劳另当别论,因为逼迫她花了那么多钱,她心里对顾莎莎始终有怨气,说不出口,积在心里,形成了偏见。她觉得顾莎莎俗气,比不上阿紫,但是,重新选择是不可能了,阿紫已经不再理睬她,而她与顾莎莎的友谊之间,弥漫着一只紫铜脚炉笨重硕大的阴影,不知怎么就显得别别扭扭的了。

她的名字
ta de ming zi

她担惊受怕了一段时间。还算幸运，卖掉的是一件过时的器物，家里没有人需要紫铜脚炉取暖，也没有人发现它已经从家里彻底消失。只是在很多年之后，段菲菲在自己的婚礼上，听姨妈问起那只紫铜脚炉。姨妈说那是母亲当年的陪嫁，他们姐妹四人出嫁，每人都有一只紫铜脚炉做陪嫁，因为他们有一个共同的气虚的毛病，一到冬天双脚就冰冷冰冷的，穿多少袜子也没用，烤了脚炉就好多了。也许是心虚，她说她不记得那只脚炉了，而且刻意贬低了脚炉的功用，她说，现在谁还用那种老古董？还要烧炭，多麻烦，再说我的脚从来不冷。姨妈说，你可别那么说，你跟你妈妈活脱脱一个模子刻出来的，身体随她，气虚，会脚冷的，现在你年轻，等以后生了孩子，老了，你就知道了，脚炉是个好东西。

她嫁给了卷毛小莫。是那种偶发的爱情，带来一个差强人意的婚姻。她在著名的红玫瑰理发店做理发师，卷毛小莫常来店里推销洗发水，渐渐就混熟了。小莫看她的眼神，有火苗隐隐地燃烧，她早发现了，但那火苗不能打动她，因此视而不见。直到有一次小莫来店里，径直坐到椅子上，点名要她理发，她知道他要表白了，她都想好了如何拒绝他的表白，但小莫什么都没说，在她为他刮鬓角的时候，他突然抓住她的手，额头顶着刮胡刀的寒光，吻了她的手背。她保持了足够的冷静，从镜子里审视他的嘴唇，爱情从那两片嘴唇上喷薄欲出，然后她检查自己的手背，手背上有隐隐的一小片亮光，似乎来自一个遥远的时空。她想起了善人桥下的初吻，想起了李黎明的嘴唇，她的眼睛不知为什么就湿润了。

婚后第二年，她有了个女儿。姨妈的预言渐渐应验，她的身体在产后发生了奇怪的变化，特别怕冷，尤其是脚，一到冬天，她就觉得脚冷，而且，她开始厌恶小莫的卷毛，觉得那狮子般的脑袋天天钻在她胸前，忙那件事情，一切都很脏。小莫为她留了平头，也不在意她脚冷，但她的性冷淡成为了他的烦恼。不知从哪儿听说的偏方，他从自己的父母家里找出了一只紫铜脚炉，买了一袋子木炭回家，对她说，你天天给我烤烤脚，把脚烤热了，你对我就不会是那个态度了。有一个冬天的夜晚，小莫没有回家，她抱着女儿，一边烤着脚炉，一边看电视连续剧，突然接到小叔子火急火燎的电话，问她家里有没有三千元钱。她觉得蹊跷，盘问再三，小叔子挂掉了电话。她是聪明人，预感到那是风月场上的治安罚款。他去捞谁？还能是谁呢？她有了不祥的预感。当场就拨小莫的手机，拨了好几遍之后，她终于听见了小莫疲惫的声音，说他人已经在广州，要谈一笔生意，过几天才能回来。她当即恸哭起来，你在广州？你还能回来？我知道你干了什么事！你永远也别回来了，永远别进我家门，算我当初瞎了眼睛！

　　丈夫的背叛，她是不能容忍的，更何况这门婚姻，她本来就是屈就。她与小莫的离婚之战，打了三年之久，起初并没有那么决绝，一方面是孩子妨碍了她的决心，还有一个隐秘的原因不宜启齿，那段时间小莫的生意波澜起伏，她守着看结果，不仅是给小莫一个机会，也给自己一个机会，可惜小莫内债未清，外债越欠越多，开始有人跑到红玫瑰理发店来，拿了欠条出来找她要债。她彻底死了心，再也不愿意等下去了。

　　有一天她抱着孩子回香椿树街的娘家，路过善人桥的桥堍，正好看见阿紫和李黎明从一辆宝马轿车里出来。她很久没见过阿紫和李黎明了，听说他们在海南做汽车生意，做发达了，她总是不相信，认为是阿紫家放出的虚荣的风声，没想到他们真的衣锦还乡了。她注意到阿紫容光焕发，好像是换了一层皮肤，看起来比从前要漂亮许多，那一身时髦的装扮不是由廉价衣物堆砌的，是货真价实的名牌，阿紫颈链上那颗钻石的光芒，几乎刺伤她的眼睛，她情感上倾向于是假货，但理性告诉她，那也许是真的。她以前总是不敢看李黎明，现在无所谓了，她斜着眼睛看李黎明。李黎明戴着墨镜，穿白色西服，他的嘴唇被香烟熏得厉害，不再那么红润了，但那两片嘴唇之间，漂浮着某些往事，像烟一样，若有若无的。她记得李黎明少年时代的妄念，那个什么吉尼斯世界纪录，此后再也没听说过下文，她心里并没有多少庆幸，反而戚戚然的，暗自猜测，海南岛不是到处见海吗，那本子，一定是被阿紫扔到大海里去了吧？

七

离婚之后，多少有点寂寞，她首先修复了与顾莎莎的友谊，两个人又成了朋友。

顾莎莎还是胖，永远处于减肥的各个疗程之中。她经常到红玫瑰来，有时候来做头发，有时候是为了等她，一起去附近的健身中心做热瑜伽。她不算胖，只是害怕发胖，顾莎莎站在她身边，像是一面反射镜，反射了她残存的风韵，但是，也就是这点安慰了。她承认顾莎莎命比她好，嫁得比她好，顾莎莎和她丈夫名下有好多套房子，光是收租金，就衣食无忧了。她与顾莎莎一起出行，吃饭，打车，甚至旅游，总是等着顾莎莎掏钱买单，嘴上不忘感谢，心里是不以为然的，她觉得自己的命运遭受如此的不公，总是要有人偿还，顾莎莎，不过碰巧是一个偿还者罢了。

她一直在默默地等待第二次婚姻，试着与几个男人见过面，但所见总是不如所闻，臆想中的那个男人，始终没有出现。她扪心自问，认定自己不是一个坏女人，于是确信自己运道不好，一定是在哪里不小心犯了什么忌讳。哪里需要纠正？如何纠正？她自己不知道，要去问别人了。听说扫帚巷里有个算命大师，她拉着顾莎莎一起去求教。那大师相了她的面，问了她的生辰八字，说她本该是享福的命，只是取了菲菲这个名字，大错特错，她命里缺水，要忌草木的，怎么能菲菲呢？她一拍大腿，几乎尖叫起来，怪不得！然后她问大师，要是我叫段嫣，是不是命会好一点？大师在纸上涂涂画画，点头承认，用这个嫣字，会好一点。她用谴责的目光看着旁边的顾莎莎，似乎提醒她，你听听，听听吧，我一生的不幸，都是因为我的名字跟你配了套，你那么幸运，我这么不幸，都是我的名字为你牺牲，成全了你！顾莎莎很窘，过后慷慨地采取了补救措施，掏出钱包，让大师给女友再起一个好名字。于是，段瑞漪这个名字被大师隆重地写在一张红纸上，熏香片刻之后，她几乎是颤抖着把那张红纸装进了包里。

她第三次更名，赶上了末班车。派出所的人看着她的户口簿，说你这个人有意思，改名字像换衣服一样的？算你来巧了，最后一个机会，晚来一个月，就不让你改了，我们已经拿到了文件，下个月开始，严禁公民随便改名！

八

她作为段瑞漪的生活，开始得有点晚了。

名字被矫正以后，命运依稀也被矫正，她真的感谢扫帚巷的算命大师，段瑞漪这个名字带给了她幸福，遗憾的是，幸福显得很短促。那年秋天她遇上了马教授，一个丧妻的知识分子，年纪稍大，研究光缆的，除了懂得深奥的光缆技术，还懂得疼爱女人。她陷入了与马教授的恋情之中。因为自己无知，她特别崇拜马教授的知识，总觉得他干瘦的身体隐藏着无限的能量，这些能量会给她一个美好的未来。很奇怪，与马教授在一起，她从来不觉得脚冷。她慷慨地向他付出了自己封存已久的身体。马教授对她的乳房很迷恋，但是他不无担心地指出，她乳房里的那个硬结有点问题，应该去医院看看。她解释说是乳腺增生，好多女人都有，你一个大男人，怎么在意这个？马教授忧伤地说，不是我在意，是你自己应该在意。又坦白地告诉她，他的前妻就是乳腺癌去世的。她一下愣住，想起自己的母亲也是乳腺癌，三十多岁就离世了。她又惊又怕，说，这毛病不可能遗传吧？老天爷凭什么专门欺负我？我要是再得这个病，世上还有什么天理？

果然就是遗传，她的乳腺癌已经悄悄地发展到中晚期了，事实证明，老天爷对她似乎是有成见的。她在医院里哭了半天，与顾莎莎商量要不要听医嘱，立即做乳房切除手术。顾莎莎说当然要听，怎么能不切？保命要紧啊。她沉思良久，苦笑道，保了命，马教授就保不住了，他最喜欢我这里了。

她舍不得放弃与马教授约定的香港之行，把手术通知单塞到包里，陪马教授一起去了香港。白天，马教授要参加一个学术会议，她一个人去逛街，在几家有名的金铺之间来来往往，想给自己买一条白金项链，等到项链挂到脖子上，凉凉地垂到锁骨以下，她忽然觉得这是个错误，一个即将失去乳房的女人，还有什么必要装饰她的胸部呢？这样，项链没买成，她临时改主意，挑了一条手链。

那些香港的夜晚嘈杂而潮湿，她与马教授同床共枕，脑袋贴得很近，她向马教授传授她的逛街心得，他听得很耐心，然后她开始控诉邪恶的命运，他小心地附和，终究敌不过睡意，打起了呼噜。他们依然亲密，但彼此的身体，其实失去了联系。她在黑暗中凝视马教授摊开的手掌，似乎看见那手掌里握着一根银色的长度无限的光缆，它穿过旅馆的窗子和窗外的街道，穿过不远处灯火通明的维多利亚湾，抵达彼岸，抵达全世界。全世界的声音和图像都浓缩在马教授的手里。她崇拜他的手。之后她开始凝视自己的乳房，它们仍然丰硕而结实，看起来很性感，但是，那已经是一首挽歌了。她轻轻地抓住马教授的手，放在自己的乳房上，马教授沉在睡梦中，手先醒了，热情地揉摸一番，忽然惊醒，翻身坐起来，惊恐地瞪着她的乳房，说，对不起，瑞漪，对不起，我忘了。

她用枕头捂住自己的胸部，先是笑了两声，然后就哭起来了。

九

世界上只有马教授一个人，叫过她瑞漪。

她喜欢他用浑厚的男中音，叫她瑞漪，那声音传递出一些赞美，一些祝福，还有一丝温暖的爱意。但可惜，马教授后来改口称她为小段了。她质问他，你为什么不叫我瑞漪了？马教授的解释听起来很真诚，叫你瑞漪，嘴巴总是张不大，舌头很紧张，有点累啊。她知道那只是事实的一半，事实的另一半是合理的退却，是礼貌的躲避。那是他的权利。她清醒地认识到，段瑞漪这个名字带给她的不是幸福，只是一堆篝火，或者是另一只紫铜脚炉而已，仅供御寒之用，而所有的火，迟早是要熄灭的。

她不舍得浇灭马教授剩余的火苗。有一次她从医院跑出去，带上嫂子给她炖的红枣莲子汤，拦了辆出租车，直抵马教授的家。辛辛苦苦地爬到五楼，敲门无人应，她怏怏地转到南面，仰头观察马教授的阳台，一眼看见晾衣竿上有一只黑色胸罩，像一只巨大的黑蝴蝶，迎风飞舞。她愣怔了几秒钟，打开保温壶，对准花圃里的一棵月季花，把红枣莲子汤一点点地倒了个干净。壶空了，她又仔细看了眼五楼阳台上的那只胸罩。大号吧？她鼻孔里冷笑一声，自言自语道，我就知道，肯定是大号。

与马教授分手，是与幸福的假象分手，也是与段瑞漪这个名字分手，她很心痛。住院化疗的那段时间，护士叫段瑞漪的名字，她无端地觉得那声音缺乏善意，总是慢半拍才答应，不仅是抵触，她心里有一丝深切的恨意，不知是针对护士的，还是针对自己的名字。她对护士说，别叫我段瑞漪了，你能不能喊我段菲菲？要不叫段嫣也行，我原来叫段菲菲的，以前还叫过段嫣，姹紫嫣红的嫣。护士埋怨她说，你那么多名字，我怎么记得住？菲菲不是很好吗？又好记又上口，谁让你乱改名的？你这个漪字我不知道怎么念，还去查了字典！她半晌无语，低头看着自己的胸部，说，是啊，这个漪字有什么好的？害你去查字典，害我丢了乳房。

她幻想以乳房换生命，但一切都晚了。再完美的乳房，切了就无用，什么都换不回来的。后来我们听顾莎莎说，她比医生估计的多活了半年，比自己期望的，则至少少活了半个世纪。

那年冬天遭遇罕见严冬，她的弥留之际，恰遇一场暴雪，亲人们都被困在路上，病房里只有她老父亲一个人陪护。她看着窗外的鹅毛大雪，认

她的名字

为是茫茫大水，说，这么大的水啊，都漫到三楼了。段师傅说，不是水，是雪，外面在下大雪。她说，不是雪，是水，我命里缺水，临死来了这么大的水，还有什么用呢。过后她看见有人蹚水来到了窗前，她对父亲说，她来了。段师傅以为她牵挂自己的孩子，说，你放心，小铃铛马上就来了，你哥哥去学校接她了。她摇头，说，不是小铃铛，是她来了，我看见她了。段师傅猜她看见了亡母的幽魂，你看见你妈妈了？妈妈跟你说什么了？她还是摇头，说，不是妈妈，妈妈不敢来，怕我埋怨她。是乡下奶奶来了，她蹚这么大的水来骂我，骂我活该，她问我呢，给我取了那么好的名字，我为什么鬼迷心窍，非要给改了？

段师傅以为那是糊涂话，他记得女儿只是在襁褓里见过祖母，怎么会认得祖母呢？所以他问，真是你奶奶？她什么样子？她说，干干瘦瘦的，黑裤子，打赤脚，右边眉毛上有一颗痦子。段师傅很惊讶，那确实是他乡下母亲的基本模样。然后他听见女儿叹了口气，说，算了，还是听奶奶的话好，我以后还叫福妹吧。

十

我们香椿树街居民后来送到殡仪馆的花圈，名字都写错了。即使是马教授和顾莎莎的花圈，名字改成了段瑞漪，其实也是错的。遗嘱需要尊重，一切以家人提供的信息为准，被哀悼的死者不是段瑞漪，不是段菲菲，更不是段嫣，她的名字叫段福妹。

段福妹。

听起来，那是一个很遥远的名字了。如果不是去参加这场追悼会，谁还记得她有过这个土气而吉祥的名字呢？

老桂家的鱼

南翔／著

作者简介

南翔，本名相南翔，深圳大学文学院教授，一级作家，深圳市作协副主席，著有小说《南方的爱》《大学轶事》《前尘》《女人的葵花》《1975年秋天的枫叶》等。

老桂家的鱼

入冬以后，老桂知晓自己病了，或许，病得不轻。

下半年以来，他就明显感到头晕，全身乏力，身体虚胖。从小船上到大船，原先拽住船柱的绳索，一纵身就能够跃然而上；现在非要等到后头的老伴或者儿子，收拾完鱼舱、渔具，趋前，肩住他的屁股，嘿哟起身，才能将他一身的蠢重，连同喘息一道送上去。老伴已经行年五十有五，早已是一头白发，腰粗如桶，白日劳作一天，夜里鼾声如雷，依然是兴兴头头，甚至，风风火火。越发将委顿的老桂比得如同霜打的秋茄子，蔫没声响。

一个半百的船上男人，晓得自己得病，还不是体力减了，口味淡了，最早的感觉，是不想吃酒。先前无论早晚，无论寒热，只要擒起那只扁扁的挎了背带的铝酒壶，拧开黑色的塑料盖，一股沁人心脾的酒香就如同馋虫探头探脑，飘逸而出，直接钻进他的肠胃。没酒吃的日子，隔壁船上严瘫子缩在舱里吃酒，他就站在船边吸气，分辨与捕捉在微腥江面上飘散的几丝酒气。

是没吃酒的缘故吗？虚胖的身子却是越发有点畏冷了。岭南的冬天，年终岁尾，早晚有几天扑面的冷峻，哪里就能冷得像模像样！阿勇收了鱼回来，就是一领霸王横条的T恤，额头上还滴滴沁出汗珠子。老伴在船厅，脱下水淋淋的胶鞋，解下一身笨重的雨裤，居然热气氤氲，索性连同一条单裤也剐了，露出两筒滚圆糙白的大腿。

这几天一直将养没去收放渔网的老桂，静静地坐在一张绑了条木腿的塑料藤椅上，借着阳光的熏蒸，驱除彻骨的寒气，那是经年在水上讨营生的积攒吧？瞥见老伴几乎是肆无忌惮地脱了裤子，再脱上衣，一件男式汗衫裹着满怀的肥硕，蹦跳两下便无可奈何地垂了下来。老桂把眼睛移开去。

大船十年前就报废了，形同一条废弃不用的趸船泊在岸边。建筑工地陆续偷拣来的竹板、木块，将一家老小的容身之所，隔成饭厅、客厅、厨房和须得低头才能进入的厕所。

都讲女人老得早，老桂没有比她大太多，却是两三年前就独宿了。一是大船空间逼仄，床位紧张；二是老伴越来越肆无忌惮的鼻鼾，常常震得一张马粪纸隔开的儿子、媳妇半夜叹气；还有三，他害怕跟老伴睡在一起，她似有似无的粗糙的撩拨，是一种欲望的无声挑战。

只有蜷缩在小船里。这条小船是十二年前花了八千块买的二手机动船，长不过三米，宽才可错身的小船，居然钉了一张铭牌，命名"大岭山号"——大岭山是东莞下属的一个镇，是桂家人生的出发地。其实，往祖上讲，他家属于长江两岸迁徙岭南的客家。上个世纪70年代，老桂是上浦人民公社高中毕业的回乡知青，兼任大队民兵营长；80年代结婚之后便携了娇妻刘晓娥孤注一掷，脱离日渐分崩的集体所有制，承包了一条船出来搞运输。过了五六年，将所有的两三万积蓄买下这条水泥船，东江、西江的运输热线，转眼便被纵横交错的高速公路远远抛在身后。老桂被一阵疾风骤雨打得晕头转向，不辨东西；却知晓，水上运输的黄金时代一去不返。于是买了网子，暂入港汊河滨学捕鱼。那是几年前？师范学院历史系的向老师带学生来社会考察，老桂第一次听到老师跟学生介绍，这是一家疍民，脑袋里嗡的一声，好几天都在回味这个陌生而又黏滞的名词，喃喃自问：我是疍民？

不管是不是疍民，晚近十多年，老桂家一家三代，全都寄身在一条报废的船上。向老师跟学生介绍，毫不掩饰怜悯道，他们比风餐露宿，好不了多少！

是哇，早几年，全部的收入都寄托在一张网上。现如今，两个儿子除了捕鱼，也常在远近打短工，帮人驾船，帮人养鱼，帮人上山挖树根——有人专事用大树根做功夫茶的茶几、板凳，捕鱼却依然是一大家人主要的收入来源。

歇息了几天，身上似乎长了一些气力，又似乎更绵软了。夜是更长了，好不容易，天际才亮出一道蟹青色，便听得大船上水声霍霍，那是老伴憋了通宵的一泡长尿在喧哗。船尾的厕所直通江河，一是脚步，二是撒尿，卧在小船里的老桂，能够不失分寸地辨别出每一个家庭成员。随即便是锅碗瓢盆的乱响，也是各有脾性，各有出处。

阿珍，你去叫老爸快些起来！是老伴。

阿珍道，还早，让老爸多困一会。

老伴道，今日阿勇要去山上挖树根，就我一个人起网哇！

阿珍道，那……我就去帮姆妈。

老伴嗤之以鼻，你是一个身子两条命！出了故事，我给发仔交代不起！

老桂故意咳重两声，一掀被窝坐了起来。厨房里的两个女人听到了，一时没了声响。

这时节，女儿来到船舷，放下一架银色的铝合金人字梯，他赶快伸手接住，哧溜一声放下。阿珍快生了，那时节才四五个月的肚子，岸边种菜的潘家婶婶，就断定怀的是一个女仔。比较亲生的两个儿子，十七八年前，水上漂浮的一个澡盆里拣起的阿珍，才更是亲人！昨日她老公发仔返回深圳之前，硬是叮嘱他买回一架梯子才放行。一百八十块钱，却能在大船小船，爬上爬下多少年，一身力气不抵两张老人头么？女儿家家呀。他跟潘家婶婶道，生女仔仔好！

与厨房里出来的老伴错身而过，老伴乜眼一笑道，昨夜里降温，一把老骨头没冷到吧？这便是老桂家的温馨问候了。老桂回了她一眼淡漠。

邻船上的严家，来自湖南祁东，老严家的，称中风不起的老严，一口一个老不死。刀剑嘴，棉花心，却舍得请最好的郎中。不像老伴，老桂吃了几帖贵些的中药，她几天都像吃了炸子，骂如今满大街都是骗子，那个精瘦的白大褂更是见钱眼开的吸血鬼。

躬身进了仅可容身的厕所，一泡尿撒得哩哩啦啦，不得收线。早晨才刚在小船上撒过尿的，有了跟老伴前后尿尿的比较，他的心境愈发不好过。

这时节，他希望隔壁厨房里的木柴燃烧得噼里啪啦，那就是一种自卑自怯的遮掩。

退出来，高低不平地绕过曲里拐弯的卧房，老大阿刚一家帮人开船去了潮汕，一床的凌乱；老二阿勇一早就带了工具跟人挖树根去了，媳妇带了周岁的儿子回了娘家。好仄，一张床就是一间屋。

来到敞开顶棚的船头，刚坐下，老伴便过来揩拭桌椅，阿珍端来被一灶柴火熏得乌黑的高压锅，肚子大了蹲不下，搁在板凳上，砰的一声启了盖，是一锅喷香的掺了黄豆和花生的白粥。

老伴的声音有点谄媚，黄豆和花生还是上次潘家婶婶送来的，浸了一晚，你看炆烂了没哇？老桂端了碗吹了吹，眼里布满阴翳。老伴尴尬道，今天拢共三张网，是有点忙，你能打个下手也好。

阿珍道，老爸不行吧？爬梯子脚都抖抖。老伴瞪了阿珍一眼，着势去赶鸡。一只芦花大公鸡去偷啄狗食盆子，七天前，看家的凯哥，一口气生了七条黝黑的狗仔，如今都在它的肚皮下面挤作一团抢奶吃。

阿珍到底怕娘，躬身去撩老爸的裤脚。平日里若是惹了老娘生气，老娘便会伸出一截粗硬的中指，戳她的额头，骂道：不知好歹的，那年要不是我好心把你从水上脚盆里抱起来，你早都成了乌龟王八蛋！也不晓得世上还有这样心口戳了刀枪的爷娘，才生出来几个早晚，就敢放在江面上打水漂哇！

阿珍一手撩起前额的长发，一手按老爸的肿胀的小腿，一按一个坑。这是模仿上个月在社区医务所医生的动作。当时医生就告诫病得不轻，叮嘱立即去医院住院，姆妈顿时乌云满眼，捏钱包的手簌簌发抖，说是情愿取了医药回家好生照顾。

阿珍道，老爸脚肿了，不能累哇。

姆妈便不高兴道，世上只有饿死的，没有累死的哇！我哪里就比他好，一年三百六十五日，不是一样的早出晚归，日晒雨淋！说着摊开两只厚实

老桂家的鱼

肉多的手掌,却是老树斑驳,年深月久的皲裂。

船头一阵狗吠。凯哥扔下一堆狗仔,冲了过去。很快的,摇首摆尾带进一个人来。

阿珍嘴甜,道,潘家婶婶这么早,一起吃早饭吧?

潘家婶婶说,不客气,吃了才出门的,说着从藤篮里掏出一把碧绿的菠菜,一把生青的茼蒿,再掏,是一只沾满泥土的大白萝卜。

阿珍将菜蔬捡到一旁的大油桶上,大油桶是老桂家从岸上挑来淡水的盛放处,下半身装了一只水龙头。一只塑料高凳,早已移到了潘家婶婶身旁。

潘家婶婶道,我从地里过来,屁股脏。这些菜都是早上摘的,新鲜得很!

阿珍道,自己种的菜就是好吃,上次你送一篮子红萝卜来,连同萝卜缨子一顿就吃光了哇!

老伴道,坐呗,嫌我们家没得干净的地方!

潘家婶婶并不尴尬,看着阿珍日渐笨重的身子,拣起旧话道,明日阿珍十有八九生的女仔子,到底生女仔子好,跟娘她贴心挨肺。

老伴一歪嘴道,阿珍跟老骨头才贴心挨肺,跟老娘是背靠背,货不对板哇!

说完,她先自己哈哈哈哈笑个不住。

潘家婶婶才想起来似的,掏出两盒药来,递给老桂。

老桂双手抖抖地接过,他不是激动,得病以来就开始手抖。阿珍道谢了。老桂眯起眼见盒上是"螺旋内酯"四个字。

潘家婶婶瞥一眼阿珍娘,道,前日听讲老桂水肿,不得行尿。这种利尿药来得比较慢,但是副作用也小,尤其是利尿太快了,容易丢失钾,这种药可以保钾。

老桂看着她,眼神里有一丝被阴翳遮蔽的感激。

阿珍沏了一壶茶端上来，倒了一杯给潘家婶婶。姆妈已经换了雨裤和长筒套鞋，一边道，今日要收三张网，收晚了，码头下市卖不动哇！

　　潘家婶婶问，阿勇兄弟两个呢？

　　老伴道，都死出去帮工了，一个开船，一个挖树根哇。

　　潘家婶婶跺脚道，几好！都有事做，这个年头，一是康健，二是有事做，比当神仙还强。

　　老伴道，那家里也要有人打下手哇。

　　老桂已经在换鞋了。潘家婶婶试探道，那，我下船去给你帮个手行么？

　　老伴瞪大眼道，敢难为你？！

　　阿珍拍手道，潘家婶婶正好下江去看看风景哇。

　　姆妈瞪了她一眼，扯收渔网，是吃一把气力饭，你以为有风景好看哇？

　　潘家婶婶倒是坚定了语气，我伴你一道去，扯不动渔网，帮你拣鱼还是拣得动的。转向老桂道，你身体吃不消，就不要去了。

　　老桂抖抖索索地过去壁上摘草帽。

　　阿珍看看老爸，再看看潘家婶婶，道，老爸还是去吧，帮着开船还是做得哇。

　　女儿的细心，她是不愿让老爸落单，还是担心潘家婶婶一个人跟粗糙的姆妈在小船上尴尬？

　　终于三个人一道下到小船上。老伴三把两把，收扯下夜晚遮蔽风雨的篷子，去了船头。潘家婶婶赞叹她出手的麻利；老桂启动船的那一刻，她递上工具，然后跨过去，坐在小船中央。

　　小船发动了，一股黑烟呛出来。两岸参差错落的，都是新建与正在起势的大楼，垂下的巨幅红字，或是某某水榭，或是某某花园。逼近江边的一座高楼，鹤立鸡群，形同一只展翅欲飞的大鹏，即将竣工的楼顶上飘然

老桂家的鱼

而下的一块大红布上，刷了几个抢眼的大字：隆重庆祝"鼎泰凤凰"开盘发售！

江边的绿道上，有三五人在蹬车；树下，石上，有十几人散坐在岸边垂钓。

潘家婶婶手搭荫棚，朝对岸看去，啧啧叹道，才几年呀，建了那么多高楼！还就是有人买哇。

老伴收腿踞坐，随她的目光朝岸上望去，咻咻道，也不晓得从哪里冒出来那么多有钱人，买房子跟捡白菜萝卜一样！

潘家婶婶道，我们也不眼馋人家，有得吃，萝卜白菜也是一个甜；有得住，一个身子，只占得到一张床，一间屋。

老伴道，到老，腿一伸，原先再有钱，也只困得一口棺木；现如今更简单，都是一把白灰！

潘家婶婶附和道，所以，比的是健康。

老伴赞道，潘家婶婶你硬是一只人中凤凰，七八年前得的死症，现如今比哪个都活得健旺！你看，前面就是你家的菜地哇？

潘家婶婶作势起身看过去，是的哇！

小船减速，迫近收网的水面了。前面是一架凌空而过的立交桥，桥下及两侧是一片一片起伏的绿茵茵的菜地。那是潘家婶婶近几年陆续的开发，四季轮替，种过茄子、辣椒、番茄、卷心菜、上海青；也种过豆角、苦瓜、南瓜和冬瓜；今年又开始种芝麻和绿豆。那是一年前，老桂跟儿子阿勇去收网，头天吃剩菜闹肚子，小船泊在岸边上岸去方便。起身系裤带的时候，才看见躬身除草的潘家婶婶，老桂闹了个大红脸，潘家婶婶却说，感谢他上岸施肥，硬是摘了两颗卷心菜送他。老桂下得舱来，捉了一条斤把重的活蹦乱跳的鲤鱼丢上去，算是还礼。

那便是有了往来。

以后只要跟儿子下到江里收网，便常常挨到岸边去，或是为了方便，或是为了躲雨躲日头,或是什么也不为,就为上岸去跟这个患了绝症的女人拉一段家常——知晓她患了绝症,当然也是她自己的讲述。十多年前她患了女人都很忌讳的毛病:乳腺癌。先是住院,到底还是动了刀子;一年后转移,再次住院,再次挨刀子。乳房的丢失,连带得此前就摇摇欲坠的家庭彻底解体。一次冷战之后,丈夫带了一包衣服出走,再没有回来。独生女儿远嫁在美国洛杉矶,女人带着伤病,寡居在家半年多,终于走了出来;她办了提前退休,在城市广场同一群"癌症明星"唱歌跳舞三个月之后,她看中了大桥下面的荒地,她在这里找到了与岁月和平共处的阳光、乐趣与收获。开始,她将一年四季的绿色蔬菜打包送给亲朋好友,后来,就专门卖给闻讯赶来收购的贩子,颇富心机的贩子订制了漂亮的塑料包装,一一打上绿色蔬菜的标志,加价两三倍卖给高端会所以及干部食堂。她知晓之后,不肯卖了,雇人免费送到幼儿园、福利院,蔬菜贩子就在一次送菜过程中洒了农药,弄得幼儿园和福利院都不敢接受她的爱心了。

她跟老桂说,我种菜就是图个乐子,我是机械局退休的,医药有报销,工资足够我吃喝,我连女儿寄来的绿票子都不要,我要个啥子哇!

她还跟老桂说,既然幼儿园和福利院不要我的爱心,我就送一部分,卖一部分,让你家阿勇兄弟得空帮我将一些菜送到餐馆去,我们四六分成、五五分成都可以。

她甚至拍打自己的胸脯跟老桂说,这么些年,医生都讲我没事了,我从鬼门关走出来了!这就是我一心种菜最大的收获,人做了自己最喜欢做的事情,心里就像照进了日头,你讲是不是哇?!

老桂喜欢她的率直,喜欢她的细心,也喜欢她的好大喜功——她甚至认为自己的癌症得以痊愈,不关治疗,却跟种菜有关,也跟吃自己种的菜有关。按照这个尺度,所有不是她菜地种出来的吃喝,都十分的可疑,十分的危险。

天长日久,起先老桂给她的菜地铺就了一条通往江边的石子路,方便她挑水浇菜；再后来，在地头挖出两个方池，一个化粪池，一个蓄水池。把潘家婶婶高兴得欢天喜地，那些天往他家送的菜蔬吃都吃不完。老伴便一脸狐疑地看着老桂，那意思，并非怀疑老实到三脚踢不出一个屁的老桂，会被一个种菜的女人勾引，是心疼自家网到的鱼被半道打劫了！

潘家婶婶确实接受过老桂的馈赠或回报，有时候是一条鲫鱼，有时候是一条草鱼。她后来偶然流露，她最喜欢吃的是翘嘴巴鱼，鲜嫩哇。

东枝江已经越来越少见翘嘴巴鱼了，早几年的大路货，现如今都几乎绝迹了。他收网见到过几次，都只有巴掌般大小，一是她凑巧不在菜地，再是他也有些犹豫，码头上翘嘴巴鱼的价钱，已经从先前的几块钱翻涨到了十几二十几块钱一斤！要是老伴知晓他拿去送给了潘家婶婶，不知道会有什么后果哇！

老伴伸出铁钩，身子仄出船外，钩起一张墨绿色的网子，扔了钩子，双手迅捷地拽住网头，扭腰翻转，双膝着势跪下，很快站起身，一张水淋淋的网子便扯出了水面。潘家婶婶也支起身子，凑了过去。老桂熄了火，拿起一只桨板，瞄着老伴手里的网子，缓缓划水，渐渐跟过去。

网子一截一截地拽上来，重叠在船头。头天日落黑才下的拦网，一张网长约一两百米，宽可两三米，坠到江下。倒霉的鱼儿迎头撞上，卡在网眼里，进退不得，越挣扎卡得越紧，只能坐以待收。

一条大鲤鱼！潘家婶婶惊呼道。

但见一尾七八两重的红尾巴鲤鱼在网眼里挣扎，老伴不慌不忙，依然在一提一提地收网。潘家婶婶蹲下去取鱼，却怎样也取不出来，重重叠叠的渔网不停地叠加，她想从中找一条出口将鱼拽出来，眼前却是一张天罗地网，没有出口。

老伴扑哧一声，停了网，蹲下去，一把将渔网撕开，捉紧支棱起尾巴欲逃生的鲤鱼，扬起胳膊，无需瞄准，就掷进了小船一侧的水槽里。潘家婶婶看得呆了，叫道，要把渔网撕破了才能取出来么？老伴已经直起身，继续提网了，道，这样才能快收，卡在渔网里，你扯也扯坏了网哇。望着她粗壮身子显露的麻利，潘家婶婶若有所悟，连连点头。

一条大草鱼！潘家婶婶又一次惊呼。

草鱼在网眼里拼命弹跳，血水四溅。老伴嘿道，不过斤把，这就叫大哇！潘家婶婶擦一把脸，不好意思道，我是没见过大的，平时见他们在江边钓鱼，塑料桶里，都是指头长短的，巴掌长的，就算大的了。

正其时，岸边爆发出一阵哄笑。抬头看过去，原来是一根钓竿被一大蔸浮萍挂住了，几个人在帮忙扯，猛地一下扯断了线，摔倒一堆。

老伴腾不出手来，用胳膊擦汗，得意道，你以为像他们这样钓鱼，能钓到吃的，那是钓一个乐子，钓一个闲得抠痒痒的工夫！潘家婶婶捡起一条毛巾去帮她揩汗，揩了额头，揩两颊，试探着问，像你们这样下网收鱼，一个月下来，比在岸上打工强得多吧？

老伴猝然有了警惕，觑她一眼，想了想道，哪里比得过拿固定工资的，人家有事做没事做，到了关饷的日子，老板你就要拿钱来，几多爽快！我们是靠天吃饭，靠水吃饭！刮风下雨收不起鱼，水太冷了收不起鱼，鱼被大船吓跑了也收不起鱼，自己不能伤，不能病，不能天灾人祸哇！

她俩不约而同地望一眼一直默坐在船尾的老桂，老桂浮肿的面庞，像一尊失去光泽的蜡像。

讲到工资，潘家婶婶不由自矜道，是啊，我的退休工资每月两三千块，坐在家里过一天，拿一百块来！说着哈哈大笑。老伴嫉妒道，你还有房子呢！也是吃的国家房吧？

潘家婶婶道，房子不怎样，二十年前的集资房，七十多平米，花了三万多块。

老伴恨声啧啧，七十多平，才三万多块，还在市里，那是万恶的旧社会吧！去年，我们在博罗老家买的一套房，六十多平，十七八万哇！潘家婶婶哦了一声，你们也买房了，以后就可以告别船上生活了？！

老桂家的鱼
lao gui jia de yu

自知讲漏了嘴，老伴道，不瞒你讲，两个儿子一个女儿，加上我们两个老骨头，七拼八凑，没凑到十万，其他八九万，都是借的。借钱那个滋味，你潘家婶婶从头到尾吃的一碗公家饭，没尝过哇！

潘家婶婶同情道，我晓得的，我也过过困难时期，我老家在安徽，1960年饿死过爷爷、小姑和两个表叔，那时候我才四五岁……早晓得，买房子我也可以借点给你，多了没有，两三万的下数哇。

老伴道，那就好啊！认识你潘家婶婶，真是天上落下来一颗福星！早晓得有这等好事，我就不用厚起脸皮，走东串西，落下一大堆人情哇！

老伴的声音尖利起来，老桂怎么听都有些夸张。老伴道，你晓得，岸上没有房子，两个崽讨媳妇都千难万险，哪家的媳妇肯作践嫁到一条破船上来哇！

这确实是实情，所幸，阿刚阿勇都将媳妇娶进了门，还各生了仔女。阿刚娶的媳妇是两年前在东莞虎门打工认识，媳妇是贵州人，起先并没有坦白告诉人家，父母是渔民，全家住在船上。待得带媳妇过门，真相大白，媳妇一张大饼子脸，一个礼拜都没有拨云见过晴。

起完一张百米长的网子，只不过拣起二十几条鱼，大不了十几斤，老伴发泄不满，跺了一脚堆积的空网，骂道，狗肏的，也不晓得都躲到那个阴间里去了，不得吃网子哇！

潘家婶婶安慰道，不是还有两张网子吗？不要急，西边塌了东边补！老伴不悦道，这一向天气好，一张网子起个五六十斤，稀松平常的！

老桂驾船掉头，朝对岸开去。下网子，必须在东枝江两侧，太岸边了没有大鱼；太中间，必定会受往来船只影响。

第二只网子才刚提取十来米，就接二连三地见到收获，有鲤鱼、鲢鱼、鲫鱼，还有一两条白鲳。可是，好景不长，接下来网子沉沉提不动，潘家婶婶上前助力，道，碰到大鱼了吧？老伴道，碰到大鬼了！

老桂摇头，心里默念道，不要是卷了网子？果然，一张墨绿色的网子徐徐拖上来，早已卷成了长长一团麻花！老伴破口大骂，吃干饭，拉稀屎的家伙，做的鬼事三岁毛伢子都会不齿！潘家婶婶疑惑不解，转眼望着老桂。

老桂舔舔干涩的嘴唇，他没有气力大声讲话，让背风另一头的潘家婶婶听见，只能做两个手势。恰恰一艘运煤船劈波斩浪而来，老桂举起两只手，着势翻滚；又垂下两只手，着势包抄。

潘家婶婶笑了，她晓得了，那是因为网子下得太近航道了，或许是运输船只带过的浪花，将网子翻转了，一天工夫便白费了，难怪老桂家的要骂娘！

老桂摇头，又点头。潘家婶婶也看懂了。摇头是他无辜，这几天他都没有出船，不是他的错；点头，是表示对儿子的原谅，儿子是贪心也是好心，想靠近江心多网鱼，网大鱼。

起了两张网子，老伴已然掏出手机在看时辰了。日头当空，老伴下身一条雨裤，上身剥得剩下一领黑色的男式汗衫，还浑身冒汗。老桂呢，灰色的旧夹克里面是一件V字领的毛衣，依然双手不温。俩人身上的穿着，都是潘家婶婶年前送的，她的话语很委婉，家里有些男人的衣物，放也是放，丢也是丢，给你们看看，能不能做工作服哇？

工作服三个字，几多熨帖，几多念想。三四十年前，做了回乡知青的年月，多么想去城里当工人，那时节，穿工作服就是一生的盼头，无上的荣光。

却终究要在船上终老了。

老伴站在船头，叉开两脚，手才一挥，突突突，突突突，小船得令朝上游开去。这是第三张网了，最后一张牌，不要再出岔了。老伴双眉紧蹙，一脸凝重。老桂在默默祷念。潘家婶婶抱着双膝坐着，别着脑袋朝大桥那边望去，那里有她的日月星辰，春华秋实。她的侧影很耐看，麻灰色的发髻高高梳拢，一双眼睫毛挂满太阳的辉光，厚实而殷红的嘴唇，像女孩子

老桂家的鱼

那样俏皮地微微噘起。女人是要男人疼怜的，她是猝然遭受疾病的重挫，所以形单影只吗？那是疾病，疾病的偷袭，不是她的错哇。大桥下面和两侧一丘一丘的菜地，是她一锹一锄的开辟，是她跟岁月拉力的倔强。她以病弱之躯，一己之力捧出了那么多可口的翠生翠绿，蛮有成就，满怀高兴。

今日是她头一回上船来看收鱼，不到平日三分之一的贫瘠的收获，是不是叫她失望了？老桂感到了内疚。就是为了叫这个善良而能干的潘家婶婶看得舒心惬意，他觉得今日的贫瘠也该跟平日的丰腴，调一个个儿。

最后一网，起到一半了，收获跟第一网差不多，裤脚滴水的老伴满脸晒得紫红，怕是累了，不再吭声。

老桂觉得五心烦热，早都想尿尿了，若是平日，对着江心就是一泡洒扫。今日却得憋着，当着潘家婶婶，他不能做出如此无礼之举。他当然想不到，半个钟头之后回到大船，他会因为一泡憋尿，昏倒在厕所里。

潘家婶婶一边从网眼里抠出巴掌大的鲤鱼，鲫鱼、鲢鱼和草鱼，一边宽慰老伴道，像是荔枝、桂圆，都分大年小年的；你们上次收获不错吧？这次不好，下次一定好哇。

老伴啐道，倒霉人家吃水都塞牙，养猫生出个老鼠仔，打鸟打死个苍蝇——不够火药钱哇！

正说着，老伴手里一抖，赶紧闭了嘴。

几乎同时，老桂也感觉到了，躬身从脚边摸出一根丈把长的篙子，拈着朝后，斜斜地入水无波，稳稳地夹住船帮。

潘家婶婶感受到了紧张气氛，前后看看，她看到的是前头老桂家的叉开双脚，一把接一把拔河一般，慢慢拖拽，大气不敢出；她看到后面老桂浮肿的面庞，刀錾斧凿一般，凝滞僵硬如同地狱里的判官。

随着老伴手里拖曳的渔网，沉沉若停，再猛地一抖，一道刺目的亮光腾空跃起，一大片渔网包砰然张开，水花四溅，带动得小船都剧烈摇晃起来。

· 125 ·

一条硕大的白鱼刚刚落在船头,便触电一般翻跳起来,那是生死的最后搏击,也是不甘束手就擒的本能反抗。

老伴张开臂膀,母狮一般扑了上去,大白鱼尾巴一扇,重重扇在老伴的嘴上,几乎将老伴击倒,老伴惨叫一声,头一偏,冷不防整个身子压将上去。

这一切都在刹那间发生,潘家婶婶看得目瞪口呆,这才慌慌张张地跨上船头,伸手紧紧摁住鱼头,两只玻璃球大小的鱼眼,顿时迸射出骇人而绝望的凶光。

潘家婶婶狐疑地问,这是一条……

老伴呜呜道,好大的一条翘嘴巴鱼!

潘家婶婶两眼发亮,这就是翘嘴巴鱼?才见过这么大的翘嘴巴鱼哇!

老桂已经笨重地跨过来,刚操起一把剪子,又放下了,怕割伤了一条自打鱼以来都没见过的巨大的翘嘴巴鱼!三人仔细撕开渔网,三双手将长长的一条鱼展示在船头上。

岸上三三两两的钓鱼人也发现了船上史无前例的收获,一起站起来鼓掌、哄叫。

老桂轻轻拍了拍翘嘴巴鱼的头,翘嘴巴鱼眼里还夹杂着几丝惊恐,更浓郁的,却是无奈。它身材修长,宛如一枚无限放大的丰腴的柳叶,银亮平直的头部锋利如刀如戟,浅棕色的背部是一道起伏的峰峦。

老桂抬起头来,瞥见潘家婶婶兴奋之余,也在叹息,这么漂亮又雄壮的鱼,我真是头一回见到!

老伴刚要搭腔,却猝然喷出一口猩红,哇哇地张嘴,才见嘴角一抹血涎,嘴中露出一眼黑洞,一颗门牙不见了!潘家婶婶赶紧掏出纸巾递过去,问,哪里磕掉了牙?

老伴连连啐出几口血痰,指着手下垂死挣扎的翘嘴巴鱼,着势要捶,拳头却终于轻轻落下。三人抬起硕大的翘嘴巴鱼,朝水槽里扔去,扑通一

老桂家的鱼

声，溅起四散的水花。

岸上又是一片乱叫。

赶紧将网盖蒙上，再压上长短不一两块厚实的松木板材。

有了这一条鱼，今日就不算歉收！

老伴两腿半蹲半跨，立在船头，一头白发被风吹得飞张，任凭嘴角还在流血，却俨然一个班师回营的将军。小船回家了，缓缓靠近大船，潘家婶婶怜惜道，即刻就要送去码头卖么？

老伴拽住船缆，纵身上去道，我去取秤，换衣裳，越快越好！这里去码头还有两三里路，小船要走二十分钟。

待得老伴匆匆换了衣裳，提了一只硕大的盘秤下来，却听得小船一声怪响。老桂站起来，拍拍锈迹斑斑的发动机壳，无奈摇头。

老伴和潘家婶婶一起发问，坏了哇？

老桂点头。

老伴疑问，怎么坏了呢？刚刚回来还好好的。

老桂忽然双手搂着肚子，蹲下了，满脸蜡黄。

阿珍早已挺着大肚子过来，放下梯子，大声叫道，阿爸！潘家婶婶见了，赶紧回头过来，搀扶住老桂笨重的身子送上去。

老爸喘息着进去了，不多时，厕所那边传来阿珍的哭喊，不好了，阿爸跌跤了！

老伴和潘家婶婶赶紧冲进来，却见老桂昏倒在厕所边，额头汩汩沁出血来，潘家婶婶拔出手机就召唤，平时备用，她存了几个的士司机的电话。

老桂倚着门框，慢慢睁开眼，阿珍倒了一杯水给阿爸，他只饮了一小口，就推开了。众人扶他到床边躺下。

不多时，船头狗叫，一辆绿的悄然驶停在岸边。

潘家婶婶催促道，起来吧，去三医院，那里有一个熟人！

老伴不以为意问，要去医院哇？

潘家婶婶急道，人都昏倒了，不去哪行啊！

老伴喃喃问，哪个去卖鱼哇？

阿珍不容分说道，鱼明天送去餐馆好了，快过年了，餐馆价格比码头高哇！

老伴想了想道，那也做得。

阿珍大肚子，只能看家。潘家婶婶和老伴，一边一个，搀起老桂几乎是拖行的步子，行到船头，一颠一颠下竹跳板，上岸，绿的司机早已打开车门恭候在侧。潘家婶婶进了前面副驾位，带路，进三医院，她让老桂家的，搀着老桂在电梯口候着，她很快挂了号出来，一道上了三楼。

潘家婶婶似乎人头很熟，一路上不停地点头，问好，也不晓得是不是都认识的。

三楼一间屋里的医生，显然是潘家婶婶的熟人，戴着口罩，眼神是微笑的。医生问了病史，量了血压，一看血压计，几乎不相信，再量了一遍，摇头；听诊器伸进老桂的毛衣，隔着衬衣，听了前胸和后背；让他捋起裤脚，按按，复摇头。许久，说要抽血化验肾功能。潘家婶婶问要不要空腹，医生道，现在就可以做，以后住院的话，空腹再做一次。

老伴张大嘴道，还要住院哇？

医生白她一眼，看着潘家婶婶道，今天可以先做化验，明天上午来取化验单再决定吧。

潘家婶婶谢过，道，明天我来取吧，我也要开一些药哇。

下得楼来，依旧是打车回到船上。

累了一天，老桂居然毫无胃口，阿珍前些日听潘家婶婶讲过，阿爸要多吃一点清热解毒的东西，给他熬了大大一碗绿豆粥，也只淡淡吃了几口。入夜，阿珍讲阿刚阿勇都不在家，老爸就在大船上困觉吧。老爸执意下小船。老伴叮嘱，下去困也好，那条大鱼也怕小偷哇！阿珍不屑道，这时节哪有小偷来偷鱼的！姆妈道，那条翘嘴巴鱼，三四十斤，卖得千多块钱

老桂家的鱼

哇！

老桂笨重地下了船，蜷进小船舱，月光泻在船头，岸上虫声唧唧。间或，水槽里有一声嘹亮的扑哧。

老桂倾听着，一夜不曾闭眼。

第二天一早，天刚放亮，就听得老伴霍霍的尿声。之后，是她大声唤阿珍，叫她赶紧找出几个平时送过鱼的酒店电话，饭后就要打哇。

这时节，小船上传来急促的哟哟声，母女两人探出头来，老桂蹲在那里，指指水槽，一脸沮丧。

老伴一惊，赶紧下来，这才见水槽的网子破了，两块松木板落在一边。她蹲下去两手乱捞，只有一些鲤鱼、鲫鱼，哪里还有翘嘴巴鱼的影子！

老伴两脚一蹬，坐在船板上号啕大哭，哭自己命苦，好不容易打上一条大鱼，却是跑了；哭老桂无能，一个大男人守夜，困得贼死，连一条鱼都守不住；哭翘嘴巴鱼不忠不慈不孝不仁不义，她劳累一天，就是这一条的收成，到头来还是脚巴骨上贴门神——人走神搬家。

阿珍立在大船边，默默垂泪，好一阵，劝姆妈和阿爸上来吃饭。老爸精神不济，在里间躺下了。

上午，潘家婶婶风风火火地取了化验单过来，老伴眼圈还是一溜通红。潘家婶婶促忙促急道，医生讲，要赶紧住院；跟阿珍咬耳朵道，你阿爸得的是尿毒症，要马上住院做透析。

阿珍没忍住，咬着唇哭了出来。

老伴听到了，支棱起脖颈道，住院？先前住一天就是过千，到哪里去找这么多钱！

潘家婶婶将化验单一摊，又一起塞到阿珍兜里，道，要不，我先借点给你们。

老伴摇头道，借的哪里不要还哇？再讲，你也是一点工资吃饭、看病！

阿珍抽泣道，姆妈，要不把老家的房子……

姆妈一愣，醒过神了，着势要抽她，却转过巴掌来，打了自己一个耳光道，老家那座房子，打得了主意哇！一条一条鱼十几年攒起来的砖和壁哇！没有那个房子，你们桂家哪里有根哇？阿刚阿勇的媳妇不会都跑掉哇？那就是一根风筝线，牵到了桂家的前世今生哇！说着也哭了。

门环一响，老爸摸索着门框两脚里外，站在门口，艰难吐出两个字，她们从口型辨出那是：不住！

老桂终于没有挺过这年夏天，他死在破败的大船上，死于肾功能衰竭。

入秋的一天，南方的天气依然燠热，师范学院历史系的向老师又带了一拨学生来到东枝江边，指着一堆横七竖八的破败渔船跟学生讲解……疍家人，清光绪《崖州志》称为疍民。史载："疍民，世居大蛋港、保平港、望楼港濒海诸处。男女罕事农桑，惟辑麻为网罟，以鱼为生。子孙世守其业，税办渔课。间亦有置产耕种者。妇女则兼织纺为业。"

疍民即水上居民，因像浮于饱和盐溶液之上的鸡蛋，长年累月浮于海上，故得名为疍民。疍民据人类学家考察分析，证实不属于一个独立民族，而是我国沿海地区水上居民的一个统称，属于汉族。疍民祖籍多为阳江、番禺、顺德、南海等县的水上人家。现在主要分布在广东的阳江、番禺、顺德、南海，广西的北海、防城港，海南三亚等沿海地区。

向老师接过学生递过的乐扣杯，喝了两口，继续道，在我们城里东枝江生活的疍民，或许算不得真正意义上的疍民，我发现，他们有两个特点：一、不是世代的捕鱼者，多半来自内地，甚至客家；二、他们没有大型捕鱼工具，包括船只，无法远航，基本去不了海里，就在附近江河凭小船拦网下笼，捕些鱼虾。他们在岸上无居所，在水里早出晚归，放网收笼。

向老师强调，最重要的是，他们的生活没有保障，在这个城市里，他们没有户口，没有社保，也没有医保。或许可以说，他们的生活，随着潮汐变化而变化。

老桂家的鱼

lao gui jia de yu

　　向老师没有看到，本地电视台因为岸边一个新建的"鼎泰凤凰"楼盘的居民投诉——东枝江边脏乱差，严重影响市容和干扰居民生活，派来收视率最高的"民生第一直击"专栏记者下来采访，也在一旁拍摄。两三个记者，先是在立交桥上，再下到岸边，最后是上到桂家的船上，镜头迫近，那是鸡鸭狗；那是柴薪；那是竹竿上如万国旗般的晾晒；那是背上用绳索子缚着，钩子挂在竹竿上防止落水的毛伢子。

　　这年冬天，泊在东枝江的疍民船只，限期搬迁，老桂全家不得已，打包收拾，阿刚阿勇都回来了，租借了打工认识的一位朋友的大卡车，候住岸边。搬迁才晓得，即便一个贫贱之家，也有那么多的琐碎令人留恋，不舍得丢弃。老桂家的，忽想上到舱顶上去看看，她爬上梯子的一刻，已然生了孩子的阿珍，悄悄过来，在下面扶稳。

　　姆妈爬到舱顶，扭过头去，忽然两眼发直，她简直不相信自己的眼睛，一条已然风干的大鱼，翘嘴巴鱼，直挺挺地卧在一张枕头席子上，那张枕头席子一直是在小船上的！原本乌黑的鱼眼，蒙上了一层灰白的阴翳；原本鲜活殷红的嘴唇，干缩打皱。

　　阿珍听见姆妈的呜咽声，从舱顶传来，越来越大，越来越急，最后与江涛汇聚在一起，被风刮得好远好远哇。

　　东枝江的疍民终于被彻底清除。堤边新修了绿道，新植了绿柳，江面愈发空阔了。

　　得闲，垂钓与骑车的人们，还会看见大桥下面种菜的潘家婶婶，她不时锄地，不时挂锄眺望，发呆。落日余晖之下，她的剪影，柔韧、单薄与无助。

　　她才刚听说，电视台"民生第一直击"的下一个报道对象，就是大桥下面，这片"三不管"的起伏的菜地。

扬起你的笑脸

欧阳黔森／著

‖作者简介‖

　　欧阳黔森，贵州文联副主席、贵州作协主席。已发表小说四百余万字，有长篇小说及中短篇小说集十余部，编写电视剧多部。曾获全国"五个一工程奖""金鹰奖""飞天奖""金星奖"。

扬起你的笑脸
yang qi ni de xiao lian

我们知道，山谷里的火很普通，谁都可能见过。也许确实太普通了，我相信很多很多的人，每当记忆中闪现什么的时候，很难是一堆山谷里的火吧！而这个于我来讲，却是一个常态。当像我这样的年纪，把回忆看成是一件最美好的事来做时，我想这个常态便不可阻挡了。我记忆中的那堆山谷里的火，整整烧了三十年。在我的脑海里，那堆火从来不曾熄灭过，而那张在火光辉映中的笑脸，至今灿烂无比。好吧！回忆那么美好，我现在就开始回忆吧！其实回忆总是从讲故事开头的，当然这个故事离不开那山谷里的火光，说到火光，我就必须从山鬼开始讲起。

山鬼是一个人。他是乌江岸上最美丽的村庄梨花寨的人，是寨子里最有学问且大名鼎鼎的老师田大德的学生。

那天，新生入学，乌江山人田大德老师照例点名。点到龙德隆时。没人回答。乌江山人田老师只好再叫一次龙德隆。

下面最后一排坐有一个妹妹崽一个娃娃崽（在梨花寨对未成年的女孩子男孩子，都是这样称谓的）。那妹妹崽用手打了歪着头看窗外的娃娃崽说，山鬼，老师叫你哩。

那娃娃崽这才扭过头来，看着他的老师乌江山人说，我是山鬼。

老师说，你叫龙德隆是吗？

山鬼好像才意识到他叫龙德隆，不好意思地说，以前我叫山鬼。

老师乌江山人说，很好嘛！老师叫山人，你叫山鬼。你知不知道，古时候有个诗人名号叫诗鬼。

山鬼说，诗人是放牛的，还是养猪的。

老师乌江山人笑了，说都不是，好好学习，以后你就知道了。

乌江其实不乌，它是一条湛蓝湛蓝的大河。山鬼总是痴迷迷地面对着大河朝西而坐。河水蓝得泛青从南边的山峡里挤出来，向北方呼啸着跑到了山的尽头。山鬼曾问过老师，书上不是说一江春水向东流么？为什么这大河从南向北流？要是春水才向东流，那么春天里这大河咋个还是这样子流的呀！

老师说，龙德隆同学，一江春水向东流绝对没错的，中国的地势是西高东低，水不往东流那就是出大事了。

山鬼说，大事已经出了嘛！莫非你不相信自己的眼睛？这大河明明是从南往北流。

老师歪着头想了半天，一手敲击着山鬼家的一个大南瓜，一手指着远方说，是这地势局部出了大事，你看那边的山直切切地横了过来，这大河还不横着走呀！

山鬼问，那山后是什么呢？

老师说，是山。

山鬼又问，再后面呢？

老师说，还是山。

问到这儿，山鬼不再问了，从此后，只要他手里没事干，他总是痴呆呆地望着那些山。他太想知道山的后面是什么了，虽然老师告诉他山的后面还是山。

有一次，山鬼实在忍不住，跳下大河朝对岸游去，结果被湍急的浪花推出了一千多米远，才斜斜地渐渐靠了岸。可是，此岸已不是那对岸。没得办法，他只好沿着陡峭的悬崖壁攀登，向着他坐在家门口时常痴看的对岸爬去。别小看只有一千多米，即使是村里公认的爬山能手山鬼，也要爬行半天。

等他爬到那对岸，又登上那山头，他一下子傻了眼，山的背后的确是山。他一咬牙又登上了一座山头，还是傻了眼，山的后面还是山。他实在没有勇气再翻越一座山头了，如果说他刚才翻越的山矮一点，看不远，再翻越一座更高一点的山是他的理想的话，那么他此时坐在这个高山头上，喘着粗气完全地死心了。前方数不清的山头像春笋一样密密麻麻地耸立着，一直伸向云雾的远方。这时已是夕阳西下，太阳像地里熟透了的西瓜，被人不小心砸碎了，鲜红的瓤儿散落在山巅上，天地间一片灿烂。

那天，山鬼没时间回家了，他早已没了更多的力气。当然，山鬼是饿不死的，他是这山里的孩子，有山就有吃的，就像有山必有水一样千真万确。

山鬼捣毁了一只兔子窝，这狡兔虽有三窟，也逃不过山鬼的计谋。山鬼其实没花多少时间与兔子捉迷藏，大山里的黄昏离伸手不见五指几乎不足一锅旱烟的工夫。可就这点工夫，对于山鬼来讲是够了的。他寻找到三个洞口，先是从石缝隙里掏泥封住一个洞口，再找来茅草堵住一个洞口点火，然后守在第三个洞口，等兔子受不了烟熏火烤而露头。洞里只要有兔子没有不露头的，只要一露头，山鬼那双黑油油且敏捷的手，要抓住兔子，还不是像山鬼的老师乌江山人摘一个南瓜那么容易。

山鬼抓住兔子的时候，乌江山人田老师正在土坎下摘南瓜。田老师平生最喜爱南瓜，吃的时候，教学生们唱歌：苞米饭哩个南瓜汤嘿啰嘿，挖野菜哩个也当粮嘿啰嘿，田老师和你们在一起呀嘿啰嘿，天天学文化呀么学文化嘿啰嘿。

这首歌经田老师唱了一两回，学生们人人都会唱了。有的同学回家的路上唱，在家干活也唱，上山放羊也唱，结果满山遍野都是歌声，听一遍两遍没啥子了不起的，可听得多了，家里大人不干了，支书更不干了，说田老师，天天学文化，我们赞成，可你说野菜也当粮就不对了，我们村虽地少人多，大米饭不够吃，苞谷也不多，可我们地里的南瓜多呀！你田老师不是喜欢吃南瓜么，吃南瓜就吃南瓜，吃什么野菜嘛！这歌要是传开了，外面的人还以为我们折磨你老师不给粮食吃。

大人们虽然意见大，但毕竟没有人把这事当面给田老师说，只是在家里念叨给孩子们听，目的就是叫别跟着老师瞎唱。可是，孩子们不管这一套，不管家长如何念叨，照唱不误，这歌好唱又好听，即便是田老师不叫唱了，恐怕也阻挡不住这首歌的流行了。

时间一长了，歌也流传得越来越广了，这进一步引起家长们的顾虑。可没有一个大人当面给田老师说这顾虑，他们都怕得罪田老师，要是田老师生什么气而一走了之，这梨花寨不知哪时候再来一个老师。

大人们的顾虑当然是学生们带给老师的，学生们毕竟说得出口一点，他们感觉老师和蔼可亲，像一家人一样。

同学们把大人们的话一说出口，田老师不干了。田老师说，这是艺术夸张懂不懂，再说，吃野菜有什么不好，在城里，野菜要比家菜贵得多，你们晓得不晓得。这是绿色食品，懂不懂。

有聪明的同学说，绿色食品有哪样不懂的，凡是绿颜色的，能够吃进肚子不害人的东西就是绿色食品。田老师说，你只知其一，不知其二。绿色的东西也有污染。有同学说，怎么就污染了，如是菜叶沾了泥巴，洗了就是，莫非城里人吃菜不洗？

田老师说，算了，关于什么是污染，一两句讲不清楚，等你们长大了走出了大山就知道了。

有同学问，老师，你为什么喜欢吃南瓜。

田老师说，这个嘛！也等你们长大了就知道了。

有同学不甘心，继续问，田老师还是这样回答。于是田大德老师爱吃南瓜，在这一带出了名。从此逢年过节时，好心的家长们，不再送田老师糯米粑粑，一律改送大南瓜。

田老师并不满足于他的南瓜多，他在宿舍门前的小坝子左右，各种了一窝南瓜。可别小看这一左一右的两根南瓜藤，看着看着它们遥遥相对地冒出了芽来，然后伸出渐渐长粗长长的芽头。当无数个芽头缠绕在一起的时候，田老师门前的小坝子已成了南瓜藤南瓜叶的世界。

一窝南瓜少说要开六十朵黄花花，结出二十个大南瓜，一个南瓜约十斤重，那么这一窝就能产两百斤南瓜。两窝南瓜四百斤，不但田老师够吃了，田老师养的那两头小猪也会分得一半的口福。

田老师种的南瓜又大又黄，如脚盆般大小，而家长们送给田老师的南瓜不及半大。田老师总是先吃掉那些半大的南瓜，而自己种的南瓜总是留到最后。他把南瓜们一个个排列起来，使他的住房除了他自己，也就只有南瓜了。

家长们赞叹田老师的南瓜大后，又问南瓜为什么长这么大。田老师当然不能说，等你们长大了就知道了这句话。虽然这是一句对付爱问这问那的同学最好的法子，但用来对付家长们显然是不合适的。田老师当然是有最好的办法来应付这个为什么。他什么都不说，只是面带微笑频频点头。也不知道他算是回答了还是没回答。

看着田老师和蔼可亲的面容，家长们当然会忽略了他们问的为什么，开始了另一种赞叹。他们称赞道，有学问的人，就是不一样，比我们都聪明，都是一样的泥土一样的种子，咋个他的南瓜就那么大，我们的就这么小呢？

田老师笑得更灿烂了，头点得更得意。这得意让田老师得意了一年有余。在一个太阳晒得人脱皮的中午，田老师的得意终于被一个学生给毁了。被毁的时候，并不显得怎么悲壮，看似很轻松的一句话，其实就是毁灭了田老师的得意。

那句话是山鬼说的。那时候山鬼正热得心慌，汗水湿透了衣服。那时候山鬼爹正在苞谷地收拾疯长的野草，那时候田老师正逮着山鬼爹无休无止地数落着山鬼。天本来就像失火了一样，这田老师的数落越数越多越数越快，就在田老师嘴巴要喷火气的时候，山鬼为了让自己火烧一样的心凉爽一点儿，已往返数次到井里喝下一肚子的凉水。热呀！热死人了。汗水湿透了的衣裳可拧得出水来。人都这样了，偏偏山鬼还撒得出尿来。尿急当然要撒，可撒的时间和地点都不对，不对时间不对地点还无甚紧要，在山里撒尿谁也不会在乎什么时间什么地点。可这次山鬼例外，他在这时这地一撒，撒出了田老师的秘密。

尿确实太急，山鬼憋不住，掏出小鸡鸡对着一颗苞谷苗撒开了。山鬼爹见状扯了山鬼一把，痛心地看着苞谷苗说，天热死了，你想燥死它呀！

这一扯，山鬼人歪了，尿也就歪了，歪到了坎脚的水田里。按说田坎也不低，以山鬼的尿急和田坎的高，水田里还不汩汩潺潺直响才怪，可怪就怪在只传来滴滴答答的声音。田老师忍不住这怪，扭头一看，却见学生梨花妹的爹龇牙咧嘴的，却不是在生气，更多像笑。梨花爹手里的鞭子没有扬起来，梨花家的水牛停了下来，山鬼尿淋在牛鼻子上，牛舌头左舔右舔的，剩下的只能是滴滴答答叮叮咚咚了。

人离开犁铧，牛是不会自耕的，梨花爹用力压了压犁铧，犁铧深深地插入了泥土里，他爬上坎来，摸了摸山鬼的头，掏出旱烟来点燃，吧嗒吧嗒吸了几口，递给了山鬼爹，在山鬼爹吧嗒吧嗒吸吮声中梨花爹说，田老师没事呀！

田老师说，咋个说没事，你们做事靠手脚，我做事靠嘴巴。

梨花爹点头赞许地说，田老师正确，正确。我们干的是苦力，你干的是闲力。田老师说，这种说法不正确，我哪里闲得起来，你们倒是好了，身子累了，睡一觉就好了，我这嘴巴一累就上心头去了，心累可比身子累更累人。

梨花爹疑虑地说，田老师也累人呀？

田老师语重心长地说，你看嘛！你种的头季稻只要五个月育苗插秧收割，现在天好，二季稻只要四月半即有收成，我呢，这叫十年苦读、百年育人，你累还是我累，你不明白么？

山鬼爹用旱烟头敲了敲山鬼的头，递了一个眼色给梨花爹赔笑道，小崽子们不懂事，害得田老师累嘴还累到心里头去了。山鬼爹一边说一边扬起巴掌吓唬山鬼。

山鬼脑门挨了一旱烟头，并不怎么痛，又见爹扬起巴掌似打非打，经验告诉他这样不带掌风的巴掌，打在脸上也不怎么痛，他明白这是爹在讨好老师，于是他扬起笑脸，也懒得管那巴掌什么时候上脸。这时他也一门心思想讨好田老师。一想之下，山鬼才想起坏了坏了，尿没撒在田老师的木桶里。山鬼一下子急了，为了显示自己的不急，他故作轻松地说，田老师，我喝凉水太多，撒出来只是热水，不是尿，我的尿是一定要撒在田老师的木桶里的。

山鬼说这话的时候，正是田老师和山鬼爹梨花爹没说话的时候。山鬼的话，他们当然是听得一清二楚的了，谁都明白了其中的奥秘。一阵难堪后，山鬼爹说，难怪田老师种的南瓜大，原来三十五个小崽崽的尿全部被老师用了。也怪不得，我家鬼崽有一年多不在家里撒尿，原来都是要憋着回家的，我家的肥料少了一份，田老师这儿多了一份。三十五个娃崽的尿，供两窝南瓜用，它不大才怪呢？

大家明白归明白了，三十五个娃崽的尿依然撒在田老师的大木桶里。田老师每天黄昏提着木桶拿一长把葫芦瓢给南瓜浇尿。白天是不能浇尿的，尿燥热，太阳晒热，那样会把南瓜烧死的。

这天，田老师提着木桶来到了南瓜根处，并不急于浇尿，他得等天黑土稍凉了才浇尿。这会儿田老师先干什么呢？他首先得把瓜藤的每一个枝杈仔细地看一遍，然后判断哪个南瓜可能长不大，哪个南瓜长得大。有的南瓜只能摘青瓜，这样就能保证瓜与瓜之间的合理间距，使它们能充分吸收营养，才能长大长老长黄。

田老师对南瓜太有研究了，他几乎从未判断失误过，这会儿他就发现，有一个拳头大的嫩青瓜的屁股上，那黄花儿已蔫成了半朵，他伸手摘了下来，这瓜是长不大的，再过十几天，这瓜也会半蔫的。田老师把瓜握在手里捏了捏，还硬朗新鲜着哩，清炒起来一定很爽口。

田老师、田老师，有人在后面大喝一声，有人在后面轻喊一声。田老师惊得差点掉了手里那个嫩南瓜。田老师回头一看，原来是学生吴狗崽和梨花妹。

吴狗崽见田老师回了头，正想说话，却被田老师手一挥给止住。田老师说，吴恩河同学你喊山呀你，扯起个嗓门喊什么喊，叫你唱歌你声音不大，不叫你唱像牛吼。田梨花同学，你说，有什么事。

梨花妹见老师有点生气，自己也有点急了，她结结巴巴地说，田老师坏了，田老师坏了。

田老师打断梨花妹说，我哪样坏了，你搞清楚哟，老师我哪里坏了。

梨花妹见老师误解了更急，她一边摇手一边把头摇得像鹅摆头似的说，不是，不是老师坏了，是山鬼坏了。不，是山鬼该回家喂猪了，他家的猪肚子饿得慌，用嘴啃门槛哩。山鬼他爹找不到山鬼，问老师山鬼在哪里？

田老师说，你们又不是不知道，龙德隆同学今天没有来上课，我还准备问他爹咋回事，他爹倒来问我来了。

梨花妹说，坏就坏在这里了，山鬼没来学校上学，又不在家里。

田老师说，真是坏了，真是坏了。怪事了，这鬼崽儿跑到哪里去了呢？走，与他爹会会脸，看咋个搞的。

这是夏末的一个没有星星的夜晚，天上的云层压得很低，几乎与江面起的白雾连接在一起。那云层漆黑漆黑的，却又薄薄的，如墨加了水，轻轻的，又似乎是重重地直往下坠；水面扬起的浪花上那些浓浓的白雾，只能在浪起处水的皮肤上弥漫。

天就在这个时候完全黑尽了，梨花寨家家点起了煤油灯，家家烧起了铁锅开始做饭。梨花寨的人家，一天吃两餐，早上十点一餐，下午八点左右一餐，有忙活得更晚下山的，要到九十点钟才吃晚饭，吃完了就吹灯上床睡觉，这是梨花寨年年不变的生活规律。人睡的时候，狗们清醒了，卧在院子里，瞪着双眼，一有风吹草动就汪汪叫个不停。

今天是阴天，黑得比平时早了点，才晚上八点已是漆黑一片。要是在晴天，最少要到八点半以后才黑尽，这黑也黑不到哪里去，天空中的月亮和星星亮着哩。

扬起你的笑脸

今天没有月亮星星，田老师带着两个学生深一脚浅一脚地赶到了山鬼家的院子，竹篱笆半人多高，夜太黑，田老师摸索了几次，才摸到了门。吱吱嘎嘎的门响，惊动了山鬼家的大黄狗，它一下子蹿出来号叫着，欲扑到田老师身上，却又顺风嗅出了是田老师而改扑为抱。大黄狗两爪紧紧抱住田老师的裤腿，又是擦头又是舌舔，把一个屁股摇得团团转。田老师弯腰抓了一把大黄狗摆动的尾巴，大黄狗立刻松了爪转身让开了道。

田老师一脚踏进了山鬼家的院子，山鬼爹正在煤油灯下给猪上食料，见田老师进来，说田老师，我家鬼崽呢？田老师反问山鬼他爹，我的学生龙德隆呢？山鬼爹说，龙德隆早就到学校去了。田老师说龙德隆同学根本就没来过学校，不信你问吴恩河、田梨花同学。

吴恩河和梨花妹从田老师身后闪出来，说山鬼就是没去学校。田老师一手握住吴恩河的手，一手握住梨花妹的手正色道，我们现在说正事，要说正话，应该说龙德隆同学没去学校。龙德隆和梨花妹马上改口说，龙德隆同学没去学校，是真的。

山鬼爹闻言生气了，他的气首先是表现在手上，只见他随手把葫芦瓢敲在了猪头上，紧接着就应该是把憋在胸膛的气撒泼出来，可他的气刚涌进口里还未吐出来，猪的一声狂叫生硬硬把他的话堵了回去。看来猪受葫芦一击的确是不轻，不过猪狂退了几步后，又猛扑到食槽继续哼哼叽叽地贪吃起来。

山鬼爹猛击之后，突听猪的狂叫，吓了一跳，以为把猪打狠了，心里又急又痛，见猪又吃食了，才怜惜地看了一眼猪，这才转过头来对着田老师们吼出了他那句被猪叫堵回去的话，山鬼，你这个鬼崽子，又跑到哪里去死了。吼完，山鬼爹换了一口气，以探寻的口气说，上次是你田老师说红军不怕远征难，突破乌江盼太阳，红军经过了乌江渡，我家鬼崽就跑去了乌江渡，三天才回来。这回不知你田老师又讲了啥子。我看呀，你田老师讲了啥子，他就到啥子地方去了。

田老师说，不可能哟，我讲课有哪样问题？讲到了月球，莫非他还到月亮上去了不成。

吴恩河和梨花妹说，田老师，真的哩，你上个星期讲的就是月亮，坏了坏了，今天的这个月亮硬是没出来。

田老师说，你们两个傻崽崽，我说月亮他就上得了月亮？目前中国人还没有上去过。

山鬼爹说，嫦娥上去了，还住在那里了。嫦娥是神仙，我家鬼崽崽打死了他也上不去。现在这鬼崽崽总是不见了，你是老师，你现在就想一想，除了讲月亮，你还讲了些什么？

田老师说，讲的多啦，一下子咋个回忆得起来。

山鬼爹说，算了，搬条凳子到院里坐，喝碗苦丁茶慢慢想。我陪着你等这鬼崽崽，看他狗日的回来咋个说。

田老师说，他咋个是狗日的？他不是。他是你的儿子，是我的学生。

山鬼爹说，是啰是啰，喝茶喝茶。

山鬼点燃一堆火，烧烤兔子肉的时候，山鬼爹和田老师们正对着黑黢黢的乌江喝茶。山鬼的火堆被黑风一吹，蹿起了高高的火苗，像一道闪电划破了天空，却又悬挂在黑黢黢的天边不再消失。

梨花妹最早尖叫起来，坏了坏了。对岸山上失火了。

吴恩河也吼道，不对，像是有人在烧山。

梨花妹说，对岸又没有人家，哪来的人烧火，肯定是失火啦！再说你咋个知道有人烧火，这么黑的天，又只有那么一点光亮。

吴恩河说，要是失火了，就是野火。野火是散开烧的，这火只有一团火光，不是人烧，必是鬼火。

说到鬼火，梨花妹一下子伸手抓紧了田老师的衣角。

说起鬼火，梨花寨的人是很害怕的，特别是这种阴天，在寨子周围或者乌江对岸，经常有一团像火光一样的东西在飘动。寨里人祖祖辈辈都称之为鬼火。自从田老师来后,寨里人从田老师嘴里知道了这种飘动的火是一种自然现象,可没有人完全相信这话。几百年来祖祖辈辈都确认了的东西,不可能因为田老师一解释就改变。

梨花妹觉得扯着田老师的衣角还不够,又抓住了田老师的手,说田老师我要回家。

田老师并不理会梨花妹,一下子像明白了什么,对山鬼爹说,对对对就是鬼火。

吴恩河听老师一说真是鬼火,赶紧也贴近田老师。田老师一手按住一个学生的肩,十指用力紧了紧,说同学们别害怕,世界上根本没有鬼。我说的这鬼火是说山鬼同学烧的火。

山鬼爹说,不可能的,他又没病,跑到对岸去烧火。

田老师手指着对岸说,前些日子,你家鬼崽崽总问那山后面是什么?

山鬼爹说,那你咋个说的?

田老师说,我说是山。

山鬼爹说,没错。这小子一定是过去了。好,大家各回各的家,知道他在哪里就行了,他自己知道回来的。睡觉了,困死了。

田老师有些迟疑地起身牵着梨花妹往院子外走,山鬼家的大黄狗跟着田老师们走。田老师走出院子口后突然转身,吓了狗一跳,狗机敏地一个闪身,让开了田老师的腿,顺势靠在了竹篱笆上擦背挠痒。田老师对山鬼爹说,龙德隆同学回来后,一定要好好地批评教育,早点来上课,别东跑西跑的。

山鬼爹说,我是要骂他的,这鬼崽崽一天就想精想怪的,不好好学文化学正事,我看他是听了聊斋想鬼做。

田老师听山鬼爹这么说,有点生气了。说他怎么是听了聊斋想鬼做了,我又没给他讲聊斋。

山鬼爹见田老师口气不对,走到院子口隔着半人高的竹篱笆拍了拍田老师的肩说，一句话嘛，田老师别生气嘛！什么是聊斋我也不懂，小时候听老先生总这样骂心术不定的娃崽，嘿嘿，我也就学来了。

田老师听后脸色一下暖和多了，不过天黑，山鬼爹看不清他的脸色。田老师本想转身走了，为了让山鬼爹知道他田老师是个有文化有修养的好老师，他必须在这不利于用眼睛交流的黑夜，用亲切的声音使山鬼爹知道，他没有为什么不高兴的。他说，也别骂龙德隆同学了，好好讲嘛！告诉他，以后要走哪里，告诉我这个老师一声，别一个人瞎跑。

山鬼爹闪身出了竹篱笆说，好嘛好嘛。田老师慢走。

田老师见山鬼爹急着想要他离开，有些不高兴，也无可奈何。他欲言又止。最后还是牵着吴狗崽和梨花妹走了。

山鬼爹目视着田老师带着两个小娃崽消失在黑夜里头，才自言自语地说，别一个人瞎跑，莫非你田老师还要跟着跑不成。当然，山鬼爹的声音很小，小到几乎只在咽喉里咕噜着。山鬼爹知道，田老师们已不见了身影，这天的黑，几米就见不着白，田老师他们离开得并不太远，他怕哼得大声了，田老师又从黑中闪出身来啰嗦几句，他受不了了，山鬼她妈正躺在床上等他吹灯睡觉哩。

山鬼爹伸了伸懒腰，正想回屋里，却见狗向着院外的黑迎了出去。山鬼爹想麻烦来了，这狗不叫，还扭着屁股摔得尾巴团团转，一定是它嗅出熟人来家里了。果然是熟人，还是不一般的熟，这个熟人经常来，还不时给大黄狗带点狗的美食来吃，这个人当然是田老师了。

田老师们陆续从黑咕隆咚中冒了出来，山鬼爹没有先说话，寻思着是不是田老师听见了他刚才的唠叨，回来问罪来了。

田老师走到山鬼爹面前说，这样不行。

山鬼爹有点心虚地说，你说不行就不行。

田老师说，好，我们点火。

山鬼爹说，点火？

田老师说，对，我们看得见龙德隆同学的火，他就能看见我们的火，这就可以告诉他，我们知道他在那里，他就会尽快回来的。

山鬼爹说，还点火干啥子，他知道那山后面还是山了，还不一早就下水游回来呀！

田老师说，不行。火还是点的好。

山鬼爹说，浪费稻草，牛还靠它过冬天哩。

田老师说，草重要，还是人重要。

山鬼爹说，草重要。牛又不吃人，人还靠牛过活哩。

田老师冒火了，说，我又不是说牛，我是问你山鬼爹，你儿子重要，还是牛重要。

山鬼爹说，牛重要。

田老师更冒火了，他提高了嗓门大声说，你你你——怎么能是牛重要？

山鬼爹说，人跑出去了，没饭吃了，就知道回家，人家也不会要他，多一张嘴吃饭不说，这么大的人了，养也养不家了，我才不担心这鬼崽崽。牛就不一样，跑丢了，就难找回来了，谁都要它。

田老师脸气得发青，可惜山鬼爹看不清，见田老师不接话了，山鬼爹还以为自己说服了田老师，为了巩固这个成果，他说，不信，我把山鬼送给你养，看你养得家不，他姓龙，是龙家人了，莫非你一养就姓田了。常言说得好！狗不嫌家贫，儿不嫌母丑。山鬼他妈还活着哩，他鬼崽崽能跑几天，还不回来找他妈呀！

田老师一时接不上话，吞咽了几口山风，才说，你说的这些和危险是两回事，你不怕山鬼有危险么？你看这天黑得不成样子了，恐怕有暴雨，你看这江要是来了山洪，龙德隆同学就危险了。

山鬼爹说，危险？啥子危险，在山上他是山鬼，在水下他是水鬼，我看鬼危险了，他也不危险，鬼都死了，这鬼崽也死不了。田老师你不要担心了，我家崽我清楚。

田老师一把揪住山鬼爹的短衫衣领厉声说，闲话少说了，你说，不为你崽，我要两捆稻草行不行。

山鬼爹没想到平时和蔼可亲田老师会这样。在这一带，要是谁被人抓住衣领，那可是大不敬之举。在梨花寨，一般没有大仇恨，没人抓住别人衣领的，即使不得不抓，也要在充分估量自己的实力之后。还好！山鬼爹并不认为田老师有侮辱意味，这也体现了梨花寨人一贯对老师的尊崇。山鬼爹赔笑着轻轻拨开田老师的手说，好嘛！两捆就两捆，多要一捆也是可以的嘛！

正说间，山鬼妈已提了三捆草来到了竹篱笆，还擂了山鬼爹一拳头说，死鬼，人家田老师要几捆草，你啰嗦半天干啥，耽误人家田老师休息。再吵闹，要是把老二老三吵醒了，吵着要吃的咋办？再这样，今天就别睡了。说完还打了个哈欠。

田老师二话不说，提起三捆草就走。

田老师带着两个学生，一高一低地走在山道上。他要找一处特别显眼的地方让火烧起来，山鬼容易看见。这山道上，夜晚有三个人在田间行走，在梨花寨是很少见到的。梨花寨只有七十几户人家，却零零星星地散布在一片陡峭的斜坡上。这斜坡算是这一带够平缓却又少之又少的地方，这地方至少可以开垦出一些水田和一些旱地来，虽然东一块西一块很难成片，毕竟可以种上粮食，养活这几十户人家。

这个斜坡周围都是陡峭的大山，大山像雨后的春笋数也数不清却列着队给乌江让着道儿。大山上基本是以山石为主，只是在一些缝隙中生长着一些小灌木。不知是哪年哪月哪日，梨花寨的龙姓田姓吴姓祖先，从江西迁徙到这里，看中了这风水极佳的斜坡，于是在这儿开垦土地生儿育女。据老人们说，开始就是几家人，刚解放时也就二十户人家。后来渐渐多了起来，到了现在是地少人多，住房也就见缝插针似的修在山崖旁，住房是不能占田地的，本来地就少得可怜，为了省地，家家都修成了半屋傍山半屋支架的吊脚楼。一层养猪关牛关羊，二层住人。有小院子的，也是用竹篱笆围在裸露的石头上。这就注定了生活在这方的人，不但要为人吃的东西而费尽心思，还得为家畜储备那少得可怜的食物。田老师当然知道这些，这也是他谅解山鬼爹和山鬼妈的理由。

火点起来的时候，黑咕隆咚的夜空像睁开了天眼，真是夺目而绚烂！

师生三人坐在梨花妹家的田埂上，遥望着远山上山鬼的火光。山鬼的火光虽然小，但在这样的黑夜中，依然是耀目的。田老师知道，只要那远山上的火不灭，他的火就不能灭。这也是他为什么要选择在梨花妹家的田埂上点火的原因。梨花妹家的稻草还未收回家，稻草已晒干燥了，一捆捆排列在田埂上。

三捆草要保持这样的绚烂夺目，是持续不了多久的。这时已经有两捆化成了灰烬，田老师站了起来说，田梨花同学别忘记添草，这火不能熄了。说完又指着远山的火光说，注意观察山鬼那堆火，灭了就赶快喊一声，老师和吴恩河同学去搬你家的稻草过来。

梨花妹说，好。梨花妹是山鬼的同桌，虽然山鬼不时会揪揪她的长辫子，或倒腾一些恶作剧，却并不意味着梨花妹讨厌山鬼。在班上她的成绩总能和山鬼轮流着前一二名。吴恩河总是不低于第三名，也未高过第三名。田老师常念叨说，田梨花你一定要到山外去，读初中，上高中，进大学。梨花妹说，山鬼和吴狗崽是娃娃崽，我是妹妹崽，我爹肯定不让我上那么多学，我们寨里还没有妹妹崽学到高中的。说到这些田老师总是怒目横眉地说，妹妹崽咋个了，毛主席都说妇女能顶半边天，梨花，你不要怕，只要你好好学习，你爹不让你上学，我和你爹拼命。田老师的这句话一直是梨花好好学习的动力。

天更黑了，简直黑得发乌。黑夜乌了，大雨不久就会来了。看不见云，但梨花知道云压了下来，要不然峡谷里不会像盖了锅盖一样闷着热。再加上她身旁还有堆不能灭了的火。汗水湿透了梨花妹的衣裳，汗水顺着额头往下淌，有些还渗流进梨花的眼里，咸得眼睛生痛，梨花不断眨着眼，希望眨出泪水来，带出那渗进眼里的咸来。工夫不负有心人，泪水终于夺眶而出，她下意识地闭眼用手抹了一把，当她再睁开眼睛时，那远山的火光闪了一下后，消失在黑夜中，不再闪烁。梨花妹大声叫了起来，她的声音嘹亮而清晰，使闷得憋气的峡谷一下子鲜活了一样。这鲜活当然感染到了抱着一大捆稻草的田老师，田老师的兴奋最早表现在了他的脚上，在这样狭窄的田埂上，脚太兴奋显然是不太恰当的，况且又是在这样乌黑的夜。结果自然是令人遗憾的，田老师掉进了田埂坎下的水田。

梨花妹声音传递的信息，看来不仅感染了田老师的脚，最高兴的还主要是田老师的心。田老师常说，人心有三怕，它们分别是心苦、心痛、心累。无论怎样的人，不管你是普通之人，还是伟人、哲人，甚至圣人，只要与这三怕结了伴，结果都是一样就是怕人。这怕人的结果，更令人心恐惧，因为无论怕人或是人怕，归纳起来都一样，就是不是人，那么何来人心呢？有人说，心深不可测，心宽广无垠，有人说，心小如针，有人说，心大如天。无论怎样的心，最好莫过于高兴的心。

高兴的心，当然是田老师的心。这样的心，就是用人间最美好的词来赞誉也不为过。田老师兴奋的脚使他像一株硕大的禾苗，头朝下倒插进了水田里，只剩一双脚悬挂在田埂上，像手一样挥舞且胡乱挣扎。事情很严肃，场面太滑稽。这显然是让人高兴不起来的，何况又是在两个学生眼里。这样的难堪是很难让人眉开眼笑的，可田老师不是这样，他高兴的心并未被满头的泥水所掩盖。田老师挣扎着站起来的时候，浑身是泥水，几乎让人看不清他的脸。这对于田老师来说并不重要，重要的是他的心依然高兴，他要做的第一件事，自然是用手朝脸上一抹，一张慈祥的脸像花开了一样高兴。只见田老师顾不得脚还在水田里，扬起他的笑脸大声喊：山鬼的火灭了，山鬼的火灭了。

梨花妹显然被老师的笑感染了，她的脸像向日葵一样向着田老师太阳般的脸，扬起笑，呼应老师的声音。这一老一少声音重叠起伏，高亢而嘹亮，久久地在峡谷里回荡。

田老师接过吴恩河同学怀抱的草，全部投进了火里，他说，烧旺点，再灭火，让山鬼知道，我们在等他。

三捆草投进火里，一时反而压低了火。田老师把一根棍伸进草里挑拨起来，火苗一下子蹿了起来，火花四溅，黑夜斑斓起来。

扬起你的笑脸

在以后的日子里，我曾见过无数灿烂的烟花闪烁于夜空，那瞬间的美丽和辉煌，并没有深深地留在我心里，我甚至是想不起在何时何地。只有山谷里那夜的火光和那夜的斑斓，从未熄灭从未消失从未离开过我的心，我的心从此没有了寒冷的感觉，因为，在那夜后，我的心有了灵魂的温度，有了这样的温度，扬起笑脸就成了我的一种态度。

现在我该扬起笑脸对您说，我是梨花妹。

真相是一只鸟

范小青／著

‖作者简介‖

范小青,女,1955年生于苏州。迄今已发表作品900余万字,代表作有长篇小说《裤裆巷风流记》,中篇小说《顾氏传人》等。现任江苏省作家协会主席。

真相是一只鸟

　　这是一对性情相投的老友，又是一对欢喜冤家，吵吵闹闹，谁也不肯让谁。他们在某一个下午，照例去公园喝茶，下了两盘棋，一比一下平了，嘴上互相攻击，骂骂咧咧，有心再下一盘，杀他个二比一，可是把握又不大，下也不一定能赢，所以犹犹豫豫的。其实，这最后一盘棋，不下也罢。

　　可是谁也不肯先开这口，谁先说了，就等于是认输了。两个人就僵持住了，很尴尬，脸也涨红了，那是让话给闷的，但宁可闷死憋死也绝不先开口。

　　这时候有一个人恰到好处地来救他们了，这是一个和他们半生半熟的人，跟他们年纪差不多，也常常到这里走走，但他不下棋，只是朝他们看看，似笑非笑地笑笑，算是有点认识了。现在他走到他们两个人面前，朝他们的棋盘看了看，说，听说，文庙那里新开了旧货市场。他的话太中老吴和老史的下怀了，老吴说，是呀，听说搞得很大。老史见老吴中计，赶紧对老吴说，听你的口气，你是想去看看吧？老吴说，你自己想去就说自己想去，非要借我的名头干什么？老史说，我怎么是借你的名头呢？我想去我自己不能去吗？他们争执起来了。那个人也不再理睬他们，背着手独自走开了。老吴冲着他的背影，顿了顿，说，去就去。老史也说，去就去。两个人好像是很不情愿地被那个人拖去的。

　　其实，他们是自己想去的，而且他们两个人的心意完全一致，他们不想下最后的那一盘棋。他们丢下了棋，就去文庙了。其实，他们是一种躲避，是怕输，是对自己没有信心。

　　旧货市场说是个市场，其实，只是摆些地摊而已，而且很杂，什么都有。他们对旧货本来也没有什么兴趣，更没有什么需要，到这里来只是一个借口，他们漫无目的地转了转，很没兴趣，完全是在打发时间，在消磨对输赢的念想。

　　但后来他们还是被一个古董摊上的一幅画吸引了一下。其实，他们两个人既不懂画，也不爱画，但是这幅画上画的东西他们是比较喜欢的：有一座山，很高，很安静，花鸟树丛。山脚下有个茅屋，里面有两个人在下棋，看起来跟老吴和老史他们差不多的样子，所不同的是，他们生活在城市，那两个人在山里；他们生活在现代，那两个人在古代。所以，他们的安逸太让人羡慕了。老吴和老史都想买这幅画，但是两人掏尽了口袋，也没有多少钱，两个人的钱凑起来，也没凑够。摊主的眼睛一直盯着他们的口袋和他们的手，希望从中掏出他想要的那个数字，可最后他失望了，失望的同时他也让步了，他让老吴和老史还了价，买走了那幅画。

画既然是两个人合买的，两个人就都有份。首先就碰到了一个问题，画放在谁那儿呢？他们虽然常来常往，性情相近，但毕竟不是一家人呀。老吴说，放我那儿吧，你家房子小，你还和孙子挤一间屋，放你那儿不方便。老史不乐意，说，我家虽然比你家小一点儿，但你家也不见得就大到哪里去，我是和我孙子同住一间，但也没有挤到放一张画也放不下的地步，你跟我比谁的房子大是没有意思的。老吴说，问题不在于比谁的房子大，问题是这画到底放在谁家比较妥当。老史说，你说放在谁家妥当呢？老吴毫不客气地说，当然是放在我家妥当。老史说，也未必，就说你那儿子，虽然年纪不大，倒像是一肚子阴谋的样子。老吴见老史攻击到他的儿子了，也就攻击了老史的老婆，他们这么攻击来攻击去，最后也没有攻击出结果来，如果旁边有个第三者，肯定会被他们急出病来。所幸的是旁边没有第三者。其实，就算曾经有个第三者，也肯定早就被他们气跑了。哪个第三者愿意守在他们旁边听这种没完没了的没有意义的斗嘴呢。

但是老吴和老史觉得十分有趣，他们乐在其中。老吴和老史都想要这幅画，但他们不懂画，也不是十分喜欢画，这幅画完全是躲避输赢躲避出来的。但既然掏了钱，就有价了，不能白白便宜了对方。当然这还不仅是钱的问题，更是一个输赢问题、面子问题。这幅画就是为了保住面子意外得来的，不能争来了面子最后又丢了面子呀。

后来天都快黑了，老吴和老史都有点累了。老史说，要不这样吧，轮流放，先在我家放一段时间，再到你家放一段时间。老吴说，你这主意倒

真相是一只鸟

像是儿子养老娘，老大家住几天，老二家住几天。老史说，你别说，拿了这东西还真是添了个累赘呢。老吴说，你嫌累赘，那就搁我家，先搁一年，明年的今天就交给你。老史说，一年？要搁你那儿一年，岂不是我一年都见不着它？老吴说，你嫌一年太长？那就半年。他觉得老史又会认为半年也太长，又抢先说，如果半年还不行，就三个月。老史说，我不像你这么鸡毛蒜皮，半年就半年，先放我这儿，过半年你拿去。老吴说，咦，不是说好先放我这儿的吗？

还是争执不下，但是画总得跟一个人回家，不能撕成两半呀，结果只好划拳定输赢，划出的结果是老吴得胜。老史输得心不服口不服，嘀嘀咕咕先骂了自己的手臭，又骂老吴偷鸡，但是在事实面前他再也找不出什么借口，勉强答应画先放在老吴家，半年以后再转到他家。

老吴把画卷了卷，带回家去。他心情很好，没觉得自己是带回了一幅画，他觉得自己是带了一个胜利回家的，虽然下棋下平了，但是划拳他赢了。家里人也没在意他带了个什么东西回去，老吴也没说买画的事情，因为他没觉得这是个事情，顺手就把画搁在一个柜子上了。过了两天，老吴的老伴打扫卫生，看到有一卷东西，纸张已经很旧了，发黄的，结绳还有点脏兮兮，她也没展开来看看是个什么，嫌它搁在柜子上碍眼，就塞到小阁楼上去了。

起先老吴还是记着有幅画的，回来时见它不在柜子上，曾经问过老伴，老伴说，放阁楼上了。老吴"噢"了一声，心里踏踏实实的，没再说话。

半年很快过去了，老吴早已经忘记了画还在阁楼上搁着呢，老史也一样没有再想起那幅画的事情，他们仍旧下棋，仍旧因为怕输而不敢下决赛局，仍然过着和从前一样的日子。

但是后来事情发生变化了，老吴搬家了，搬家前整理家里物什的时候，才知道家有多乱，废旧的东西有多多，本来想把该丢的东西丢尽，整理干净了再搬，后来等不及了，干脆先一股脑儿搬过去，再慢慢清理吧。

老吴搬了新家，住得远了，和老史来往不方便了，偶尔通通电话，很长时间才聚一次，见了面似乎还有点陌生，说话也小心多了，不像从前那样随随便便，甚至动不动就互相攻击，现在他们变得客气起来，下棋也谦让了，再到后来，他们的来往就越来越少了。

又过了些时候，老吴中风了，在医院躺了几个月后，恢复了一点，但是腿脚却再也不像从前那样利索了。

在住院期间，老吴还一直惦记着老史，他让儿子小吴给老史打电话，可是老史一直没有来看他，老吴骂骂咧咧地责怪老史，虽然他也曾经想到可能是小吴根本没有给老史打电话，但他还是愿意把老史拿出来骂几声。当然他更愿意老史站在他面前让他骂，可惜的是，老史从此再也没有出现过。

老吴在搬家前，老伴老是在他耳边说，儿子媳妇好像有点不对头，但他们之间到底有什么事情，小两口都不肯直接说出来，要说话也是借着孩子的口说。老伴说了这个现象之后，老吴也注意观察过几回，确实如此。老人虽然嘴上不说，心里却是明白的，这是小夫妻冷战了，可能就是外面经常有人说的所谓多少年多少年的什么痒吧。但老人不便多管小辈痒不痒，只是希望他们的冷战早点结束。

没想到这冷战随着搬家就真的结束了，现在小吴和媳妇每天下班回来，就躲进自己屋里，关上门，鬼鬼祟祟地不知在干什么。有一回他们性急地进屋，忘了关门，老吴不经意地朝里看了一眼，看到他们的大床上展开着一幅画，两个人双双跪在床前，头靠头地凑在一起，拿着一个放大镜在看什么东西呢。

过了一会儿，小吴出来了，问老吴有没有更大一点的放大镜。老吴说没有，这个放大镜已经够大的了，书上的字能够放到蚕豆那么大。儿子说，我不是放字的。又回到屋里，这回小心地把房门关上了。

过了一天，儿子带回来一个超大的放大镜，举起来差不多有一个小扫把那么大。他们又去照那张画了，照了一会儿，小吴和媳妇一块出来了，到老吴房间里，说，爸，那幅画是爷爷留给你的吗？

老吴莫名其妙，他不记得他的爸爸给他留下过什么东西。小吴夫妇很客气地把他请到他们的卧室，那幅画仍然展开在大床上。老吴看了看画，觉得有点眼熟，山、花、鸟、树丛、茅屋、下棋的人……渐渐地，老吴想起了许多往事，想起从前和老史一起下棋斗嘴的快乐，现在倒有很长时间没见着老史了，老吴心里有点难过，长长地叹了一口气，说，这是你史伯伯和我一起买来的。

小吴一急，脸都白了，赶紧说，爸，你可千万别去找史伯伯。没等老吴问为什么，小吴又说，现在我们正在托人请专家鉴定，很可能真的就是南山飞鸟的画。媳妇见小吴只说了一半，又赶紧补充说，爸，如果真是南山飞鸟的画，那就值大钱了。老吴没再问他们南山飞鸟是谁，因为只要看看小夫妻的脸色，想必这飞鸟并不是什么鸟，而是一个了不起的大人物。

小吴夫妇对老吴不放心，他们怕他去找老史，说，史伯伯说不定也搬家了，也不知搬到哪里去了，你现在腿脚也不大好，就别去找他了。

老吴还是忍不住想给老史打电话，但他已经记不清老史家的电话了。他摸索出早年的一个电话本子，从上面找到老史家的电话号码，打了过去，但是老史家的电话已经成了空号。

小吴夫妇从专家那儿得到的结果是又喜又忧，喜的是专家一致认定这就是南山飞鸟的画作，忧的是印章错了，印章不是南山飞鸟的，是谁的，竟然看不出来。

这就难倒了专家，也愁坏了小吴夫妇。眼看着好梦成真，却被一方莫名其妙的印章阻挡了，他们像患了绝症四处求医的病人一样，到处寻找有水平的专家，到处求人鉴定，大家始终都是一头雾水。有一次他们甚至赶到北京去了，辗转地到了一位老专家家里，在老专家书房里的大书桌上，摊开了那幅画。老专家弓着身子用放大镜看了半天，小吴夫妇就一左一右地守在老专家身边，心提到了嗓子眼上，那种心情，无疑是等待法官判决的重罪犯人的心情。

结果仍然没有出来，老专家也和其他许多专家一样，看得云里雾里，只能对他们摇头苦笑。

小吴夫妇的心一下子沉下去，沉得摸不着，一下子又吊起来，卡在嗓子眼上，把好端端的人，搞得如同汪洋大海中的一叶小舟，起起伏伏、颠颠倒倒完全由不得自己做主，小吴媳妇捂着胸口说，要得心脏病了，要得心脏病了。

正在这时候，事情却忽然出现了转机。老专家的小孙子，大约六七岁的样子，他从外面跑进来，一直跑到爷爷的书桌前面，趴上前一看，脱口说，南山飞鸟。

老专家和小吴夫妇大惊失色，惊了半天，老专家才想起来问孙子，乖乖，你怎么看出来的？小孙子说，嘻嘻，就这么看出来的。老专家一拍脑袋，幡然猛醒，快步绕到小孙子的位置上，小吴夫妇也紧紧跟过来。

天大的谜团瞬间就破解了，一切的疑虑立马就消失了。

原来，这方印章盖反了。

这可是业内的一个惊人的发现。

消息迅速地传开，大家都到小吴家去看这个千载难逢的错版，家里整天熙熙攘攘的，搞得老吴的血压再次升高。

看过错版的人纷纷发表见解，对此画赞不绝口。至于为什么会出现印章倒盖，也是有据可依的，因为南山飞鸟本身就是一个很粗心、脾气很急躁的人，倒盖印章，对南山飞鸟来说，应该是一件很正常的事情。据史书记载，有一次他还闹出乌龙，明明是他自己和别人合作的一幅画，过了不长时间就忘记了。有人拿来请他指点，被他挖苦嘲笑一番，说那画是如何如何不好，结果人家告诉他，这是大师你自己画的。南山飞鸟倒也不窘，说，我自己画的就骂不得啦，算是给自己的乌龙解了围。

总之，关于传说中的南山飞鸟的林林总总，足以证明将印章倒过来盖的，就是南山飞鸟本人。

当然，也有别的可能。比如说，是书童干的事，他打瞌睡或粗心盖错了，害得几百年后这么多人纠结犯难。

肯定的说法多了，就开始有了不同的声音，说，现在造假已经达到超高水平，你以为你了解南山飞鸟的脾性吗？造假的人比你更清楚，所以故意弄个错版，好让有知识的、聪明的人根据南山飞鸟的脾性去分析，得出此仿件为真迹的错误结论。

也有人从更专业的角度分析，南山飞鸟最擅长画鸟，如果真是南山飞鸟的画，他肯定会画一只鸟，可是为什么这幅画上没有鸟呢？

小吴夫妇再一次陷入了不知进退的境地，他们苦思冥想，他们上下求索，终于想起了一句老话：解铃还须系铃人。

这个系铃人当然就是老吴啦。

老吴早已经被他们忘记了，虽然他们同住在一个屋檐下，但是在小吴夫妇的眼里，既没有老吴，也没有老吴的老伴，别说老爹老娘，就他们自己的亲生孩子，也有很长时间没有关照了。

现在他们回过头来找老吴。他们把画举到老吴眼前，希望老吴能够回忆起当年的事情：当年，老吴是怎么在旧货摊上得到这幅画的，是多少钱买来的，那个旧货摊当时摆在哪里，现在还在不在，那个卖旧货的是个什么样的人，住在哪里，现在有没有搬家，等等。

总之，现在小吴夫妇的希望就在老吴的嘴皮子上了。他们紧紧盯着老吴的微微张开的嘴，他们坚信不移，那个黑洞里有他们朝思暮想的东西。

老吴第二次中风后，不仅坐上了轮椅，说话也含糊不清了，但还能够看东西。他看到那幅画后，微微张着嘴哆嗦了半天，勉强说出了两个字："了勒？"

小吴夫妇听得出这是个疑问句，但是他们不知道"了勒"是什么，恳请老吴再说一遍。老吴说了，还是"了勒"。小两口又煞费苦心地猜了半天，始终没有明白"了勒"是个什么。老吴见儿子媳妇如此痛苦，心中很是不忍，又努力说了另外两个字——"老喜"。小吴夫妇还是没听懂，但毕竟比"了勒"要好猜一些，他们后来明白过来了，老吴说的不是老喜，而是老史。老吴是让他们去找老史呢。但他们是最怕老史的，当初老吴从医院回家后，曾给老史打电话，但打过去却是个空号，那不是因为老史搬家了，而是小吴把老史的电话号码偷偷地改了两个数字，老吴老眼昏花，没有看出来，照着错号打过去，老史就不在电话的那一头了。

其实，老史一直没有搬家，但他和老吴中断了联系。在开始的一段时间，老史也和老吴骂老史一样骂过老吴，过了些时候，他也不骂了，再过些时候，他不提老吴了，再到后来，他连老吴的模样都记不起来了。

小吴夫妇本来是最不愿意提到老史的，但是事到如今，老吴不会说别的，只会说老史，他们在别无选择的情况下，退一步安慰自己，实在不行，就找老史吧。找到老史可能出现的麻烦就是老史要分一半去，但是不找老史的结果，就是他们永坠无底之洞，永远生活在疑虑和焦躁不安之中，两者相比，他们最终还是选择了前者。

寻找老史也不是一件容易的事情。老史虽然没有搬家，但问题是小吴夫妇从来就不知道老史住在哪里，只是知道在从前的时候，父亲有个老友，就住在不远的某个地方，他们常常在公园里见面，下棋，吹牛，对骂——这些事情那么遥远了，遥远得似乎已经是几个世纪前的事情了。

小吴夫妇知道，凭着从前的一点记忆，是很难找到当年的印迹的，现在他们又把目标对准了老娘，老娘那时候曾经到那个公园去找过老爸，她应该还记得那时候的情形。

老吴的老伴就带着儿子媳妇去寻找从前的记忆了。她已经步履蹒跚，小吴夫妇心急，嫌她走得太慢，就搀扶她一起走。老娘感叹说，唉，我活到这么老了，头一次有人搀我。小吴夫妇听了，面露惭愧之色。

公园虽然还在那个地方，但早已经不是当初的那个公园了。他们在老

真相是一只鸟

吴和老史当初经常活动的场所转了几圈，哪里会有老史的影子呢，老史在不在了还不知道呢。

但是他们没有泄气，第二天他们又来了，现在他们不用老娘带了，他们已经认得这地方了，他们会再来，再来，他们会很有耐心。

老天没有辜负他们的耐心。

老史还在。

就在小吴夫妇设法寻找老史的这段时间里，老史的生活也发生了很大的变化。根据老史的种种表现，医生告诉老史的家人，老史已经患上早期老年痴呆症了。

这个病的重要表现之一，就是老史对从前的许多事情忽然一一地记了起来，有许多是早就忘记了的，甚至忘得干干净净的，现在全都想起来了，比如老吴，他其实早就忘记了老吴，可是有一天他突然对家里人说，我要去找老吴。

家里人都愣住了，他们不知道谁是老吴，早年唯一知道老吴的是老史的老伴，但是老史的老伴前年已经去世了。不过老史才不管别人认不认同他的记忆，既然想起老吴来了，就要去寻找老吴。一想到要寻找老吴，他立刻就想起了从前的那个公园，一想起从前的公园，从前的许多事情也都想起来了。

老史现在对从前的事情真的太清楚了，真是历历在目。

就这样，老史和小吴夫妇在从前的那个公园里碰见了。可是，小吴夫妇怎么会认得老史呢？他们看到一个老人行动迟缓，两眼却放射着炯炯的光彩，他们无论如何也想不到他就是老史。

可是老史认出小吴来了，因为老史的早期记忆太好了，他认出小吴的脸来了，他以为小吴就是老吴，老史激动地上前握住小吴的手说，老吴，我总算找到你了。

经过一番说明，老史才知道，面前的这张熟脸不是老吴，是小吴，不过那也不要紧,既然找到了小吴,再找老吴也就不难了。

而小吴夫妇在惊喜之中又怀着很大的担忧。虽然找到了老史,但是毕竟事隔这么多年,只怕老史早已经不记得当年的摊主了,更何况,从文庙摊主那儿购得,这也只是老吴自己从前的说法,万一老史不承认,万一老史说出另一个事实,他们该怎么办呢?

还好,他们的担心多余了。老史对于当年购画那件事的说法和老吴的说法基本一致。这要感谢他的病症,如果不是这样的病症,他恐怕难以记得这么清楚。唯一遗憾的是,老史和老吴都不知道当年卖画给他们的摊主姓甚名谁,他只是他们人生中遇到的一个匆匆的过客,而且一掠而过,绝尘而去,后来再也没有出现在他们的生活中。

后来事情的发展,大家也都想象得到,小吴夫妇和老史一起去了文庙。文庙也早已经不是当年的文庙了,它现在是真正意义上的古玩市场了,比起当年的规模,真是鸟枪换炮了,摊位都变成了堂皇的商店。

只是因为要找的人不知姓不知名,他们只能挨家挨户地找过来,当他们到达某一家店铺的时候,他们说出来的话,会让人觉得莫名其妙,或者让人心生疑虑,或者让人反过来对他们穷追不舍。

这真是大海里捞针啊!

但小吴一直以来都是抱着大海捞针的态度在做这件事,现在做到了最后也是最关键的时候,他们一定会继续捞,他们必须得继续捞。于是,他们走进一家店,出来,又走进另一家店,再出来,再走进一家店,把同样的话说了无数遍。

最后他们到了一家名叫"闲趣"的古玩店。小吴夫妇看了看这个店名,心里不免有点失望,心想,这不是饼干吗?那闲趣店还确实是蛮闲的,只有伙计一个人。小吴夫妇又坚韧不拔如此这般问了一遍。伙计肯定是不知道的,他们说的那件事情发生的时候,他还没上小学呢。

但是有一个人听到了,他就是当年的那个摊主。听着小吴夫妇和老史反复叙述这件事情，他终于回想起一些往事来了，只可惜此时此刻，他躺在二楼的房间里，患了糖尿病，最后导致了并发症，双腿瘫痪，全身衰竭。因为一辈子搞古玩生意，他实在太热爱这个事业，所以他不肯进医院，宁可待在这个狭窄的二楼空间，每天可以感受到几乎伴随了他一辈子的那种亲切的有点腐朽的气息。

他几乎已经是气若游丝了，但是耳朵还灵，他在床上听到了楼下的对话，他想让他们上楼来，但是他喊出来的声音却很轻很轻，楼下的人根本听不见，他就耐心地等待。

现在楼下的小吴夫妇和老史再也没有办法了，但是在绝望中他们又看到了一点希望，他们看出来这个店伙计虽然年轻，但是为人很热心，也很周到，最后他们死马当作活马医，给小伙计留下了联系方式，拜托他留个心，听听风声，如果有什么信息，请他联系他们。

小吴夫妇在街头和老史分手的时候，以为老史会提出来去看看他们的父亲老吴，但是老史并没有提出来。小吴夫妇以为老史和他们一样被这幅画迷住了心思，其实他们错了。老史的病情使得他只能记得从前的事情，却不知道现在他应该做什么。他不能把从前和现在联系起来。

在闲趣店，小吴夫妇和老史说的那些话，店老板都听到了，所以他虽然躺在床上，却不着急，后来他一直等到小伙计上楼来伺候他吃晚饭，他让小伙计给小吴夫妇和老史打电话。

小吴夫妇和老史分别接到了他们急切期盼或者颇觉意外的电话，小伙计在电话里告诉他们，他们要找的人就是他的老板，他姓吕。吕老板请他们明天上午到店里见面。

真是天大的惊喜。

小吴夫妇立刻感觉到，他们离事情的真相越来越近了。但是其实另外还有一个事实也正在越来越紧迫地逼近他们，他们因为对这幅画太投入，完全没有意识到。

许多年来,小吴夫妇为了这幅画损失惨重,花费了大量精力和大笔开销不说,最要命的是,他们耽误了孩子的学习。本来他们的孩子学习成绩中上,再努一把力就是上游,就能上最好的高中,结果因为夫妻俩为了求一幅画的真假,丢了对孩子的帮助和教育,孩子成绩一落千丈,并且迷恋上了网游,但是直到这时候,小吴夫妇还执迷不悟。

现在,他们终于找到了当年的摊主。这么多年,他们经历了多少周折,走了多少弯路,但是这些弯路没有白走,因为最终他们明白了谁是真正的系铃人。

现在,很快,就是明天,他们就要从摊主那里得到最后的答案了。经过这么多年的折磨,小吴夫妇已经精疲力竭,斗志衰退,他们对画的价值早已经不那么看重了,他们所想要的,就是一个尘埃落定的结果。

今天似乎是给这段人生画上句号的最后一个晚上,过了今天,这幅画或许就再也不属于他们了,因为如果它是真迹,他们会卖了它,来弥补这些年来为了证明它所造成的家庭经济亏空;如果它是假的,他们不会再把它当个事情,他们会把它当成一件废品束之高阁,就像从前他们在搬家之前的那些日子里,它一直安安静静地待在家里的小阁楼上。

今天这个最后的夜晚,他们要把画拿出来看最后一眼。

画不见了。

当小吴夫妇在网吧找到儿子的时候,一眼就看出来,儿子财大气粗,那画,想必是儿子卷跑了。

倒是小小吴比他们镇定,宽慰他们说,爸,妈,别着急,画没有卖掉,它在典当行里,三个月之内都能赎回来。

这孩子,小小年纪连典当东西都学会了。

小小吴又说,人家说了,你们是菜鸟。见父母亲发愣,他内行地告诉他们,你们的画上应该有只鸟的,可是现在没有鸟,没有鸟的东西不值钱的。

小吴夫妇面面相觑一会儿,他们终于不再恋战,当即决定解甲归田,回家把重心重新放在孩子身上,他们现在认识到了,孩子才是他们的未来。

至于这幅画上到底有没有鸟,是不是曾经有过鸟,后来鸟又到哪里去了,或者从来就没有鸟,他们再也没有去想过。

第二天,在那个约定的时间和约定的地点,小吴夫妇没有来,老史也没有来。老史没有来的原因,是因为他已经忘记了这个约定。正如医生说的,这是典型的早期老年痴呆症的症状,越遥远的事情越记得,越是眼前的事情忘记得越快。老史就是这样。当天下午他和小吴夫妇去文庙找人,没有找到,他在回家的路上就把找人的事情忘记了。晚上接到古玩店伙计的电话,老史欣然答应,但是搁下电话,他就将这件事情忘记了。

小吴夫妇和老史一直没有来,店伙计急得上上下下跑了几趟,他怕老板怪他没有打到电话,怪他办事不周到,不得力。他给老板解释说,老板,我肯定打过电话,都是他们本人接的,而且都答应得好好的,今天一定准时到,可是,可是——他越说心越慌,好像真的是他没有通知到位,最后他慌得话都说不下去了,涨红了脸站在那里。

老吕的心情却恰好和他相反,他开始是有点担心,不过不是担心小吴夫妻和老史不来,而是担心他们会来。随着时间一分一秒地过去,他渐渐地感觉到,他们可能不会来了,他们看起来是不会来了,最后他知道,他们肯定不会来了,这时候,老吕心情平静下来了,而且越来越平静了。他们不来才好,如果他们来了,他反而无法面对他们了,因为昨天晚上他一直在想着这件事,努力地回想那幅画的内容,他回想起了画上几乎所有的东西,但是唯独有一样活货他不能确定,那就是一只鸟。

画上到底有没有一只鸟呢?

在老吕没有能够确定真相之前,对于已经失去了事实的真相,他无法归还。

老吕让小伙计到他的床底下拉出一个大纸箱子,纸箱里放满了笔记本。许多年来,老吕有个习惯,凡做成一笔生意,他除了记账,其他许多相关的内容也都会详细地记录下来，如果能够找到当年的那个笔记本，或者就会真相大白了。

小伙计帮老吕找到了那一年的笔记，可惜的是，这本笔记本被水浸泡过了，那上面的钢笔字全部融化成了一个个的墨团团，一点也看不清了。

摆地摊的头一年，没有经验，字画什么的就搁在一块布上，布就摊在地上，忽然来了一阵暴风雨，老吕只顾抢字画，其他东西都被淋湿了，包括这本笔记本。

多年后的这一天上午，老吕一抬头，看到一只鸟从他的窗前飞过去了。

整个宇宙在和我说话

艾伟／著

作者简介

艾伟，1966年出生。著有长篇《风和日丽》《爱人同志》《越野赛跑》，小说集《乡村电影》《水上的声音》《小姐们》《水中花》等。另有《艾伟文集》五卷。

整个宇宙在和我说话

喻军瞎了后，大约有一年时间，不来上学，也不肯见人。

我听说他性情变得十分古怪，他每天把自己关在黑屋子里，还养了一条蛇，和蛇生活在一起。有人说，养蛇是为了报复李小强。

有一天，喻军妈妈找到我，对我说：

"你去看看喻军吧，我很担心他，他满脑子胡思乱想。"

我问："他怎么了呢？"

喻军妈妈说："他整天不和我们说话，偶尔说话就把我们吓一跳。"

"他说什么？"

"他说他什么都看得见。"

"他真的看得见吗？"

"医生说全瞎了，但喻军至今不能接受。"

喻军倒没有拒绝我的探望。我进去时，他非常敏捷地转过身来，他的耳朵像一只兔子一样耸立着。我看不见他的眼睛。他戴着一副大大的墨镜。但我总感到他注视着我。

没等喻军妈妈开口，他就叫出我的名字。我很吃惊。喻军的房子并不黑，也没有看到传说中的蛇。

"你们小哥俩玩一会儿吧。"

喻军妈妈充满感激地看了看我，然后出去了。

我问喻军："你怎么知道是我？"

喻军没有回答我，脸上露出神秘的微笑。

我不知道对喻军说什么。我本想同他说说学校里的事，但我怕这可能会刺激喻军。要是他主动问，我倒说说无妨。

屋子里一阵难堪的沉默。

这时，我看到窗外，李小强刚好经过。他向窗内投来迷茫的一瞥。

我想起李小强把喻军弄成瞎子后，李小强的爸爸把李小强吊在一棵树上，吊了整整一个星期，差点儿小命不保。想起传说中喻军对李小强的仇恨，我试图劝慰他。我说：

"喻军，李小强真的挺后悔的。他不是有意把你弄瞎的，他自己都不知道会抓起路边的石灰砸你，他是一时冲动。"

"你在说什么？我听不懂。谁瞎了？李小强又是谁？"

看到喻军不耐烦的表情，我倒吸一口冷气。我想，喻军真的有病了。这病已从他的眼睛转移到脑子。这病比瞎了更严重。怪不得喻军的妈妈这么担心。

"你背着书包？"喻军"注视"着我，好像他真的看见了一只书包。

"是的。"

"我听到你书包里的声音，弹子的声音。你拿出来让我瞧瞧。"

我拿出一颗七种颜色的玻璃弹子递给喻军。喻军把玻璃弹子放到眼前，对着室外的阳光，仿佛这会儿他正在仔细辨认。

"确实是七种颜色的玻璃弹子。我看到了光谱，从左到右是黄、绿、青、蓝、紫、红、橙。"

这倒没让我吃惊，因为喻军在瞎之前见过七种颜色的玻璃弹子。

"如果你仔细观察，你能从玻璃弹子中看到星空，看到整个宇宙。"喻军说出惊人之语。

我沉默。我对七种颜色的玻璃弹子太熟了，我经常拿它对着太阳看，也对着星空看，这时候，玻璃弹子确实会呈现出更丰富的彩色，但我不可能看到整个宇宙。

喻军把玻璃弹子还给了我。他坐在那儿，耳朵一直竖着，好像他这会儿变成了一只兔子。

"我什么都看得见。"喻军说。

喻军又"注视"着我。他的注视让我感到不安，仿佛喻军看得清我的五脏六腑。我不知道为什么有这种感觉。我觉得喻军变成了另外一个人，身上多了一些神秘的气息。

我离开喻军家时，喻军妈妈叫住了我。

她刚做了年糕块。年糕是过年才有的，时值六月，只有富足人家才还贮存着年糕。看到年糕，我口舌生津，迈不动步子。

她把一块热乎乎的年糕递给我。我接过来，仿佛怕喻军妈妈后悔似的，迅速塞进口里。年糕很烫，口腔一阵焦辣，舌头也被灼得火燎火燎地痛。可是与年糕在口腔里的香甜比，被烫一下算得了什么呢？

"你慢点吃，当心烫着。"喻军妈妈说。

我一边嚼着年糕，一边乐呵呵地哈气，让空气冷却一下被灼痛的口腔。

一会儿，喻军妈妈悄悄问我喻军的情况：

"喻军和你说什么？"

"你说得没错，他说他看得见颜色，世上所有的颜色，甚至宇宙的颜色。"我说。

喻军妈突然抽泣起来。她害怕屋子里的喻军听到，尽量压抑着自己。她指了指自己的脑子，说：

"喻军这里不行了，有幻觉，他幻想自己什么都看得见。"

我说："他好像真的能看见颜色，我都觉得他没瞎。"

喻军妈妈压低声音，诡异地说：

"我有时候也觉得他没瞎。他出入房间，上楼梯都不会碰到东西。"

"也许他真的没瞎呢？"

"不可能啊，医院说的铁板钉钉的，什么也看不见了，对喻军来说，一切都是暗的。"

我严肃地点点头，心里有一丝恐惧。喻军妈妈几乎向我乞求：

"你往后多来看看喻军，他一个人不说话，我和他爸担心他，他太孤僻了，需要朋友。"

因着喻军妈妈的要求，我隔三差五去喻军家看望喻军。

我经常看到李小强从喻军窗口经过，然后忧郁地向里张望。有一天，喻军不耐烦地对我说：

"你告诉李小强，我已经原谅了他，让他不要每天在我窗下来来回回的，一见到他我就烦。"

"你知道李小强从窗下经过，刚才？"

"我说过，我什么都看得见。"

喻军妈妈对我来看喻军相当欣慰和感激，时常留我吃晚饭。喻军爸是公安，平时很忙，不在家里吃。

有一天，吃过晚饭，喻军说想去外面走走，问我是否可以陪他出去。

这是喻军瞎了后第一次要去外面，她妈妈很高兴，不停地向我使眼色，让我答应。其实她不这样做，我也不会拒绝。

我们出去时，天已经黑了。喻军好久没出门了，看上去有点紧张。他说，他想去自来水塔玩。

自来水塔在西门街北面，早已废弃了。水塔上有一排钢梯，可以顺其而上爬到顶部。少有人去那儿，喻军还是不想待在人群里。

已是初夏时节，西门街有人把饭桌放到街面上吃饭。我陪着喻军穿过西门街时，人们好奇地看我们。喻军走在黑暗中，昂着头，如入无人之境。我怕他撞到某张餐桌上，试图搀扶他。他一把摔开我，方向明确地走向水塔。

那废弃的自来水塔屹立在一片林地中间。再北边是农药厂了。这片林地平时没人照料，却生长得枝繁叶茂。树下杂草丛生，行走不太方便。我担心喻军撞到一棵树上或被树枝刺伤身体。要是刺到脸部那更是危险。我在前面试图把树枝挡开。喻军说：

"你不用这样，我看得见。"

一会儿，我们来到自来水塔下，喻军二话不说，攀援着钢梯爬了上去。我只好跟随而上。我害怕他一脚踩空，从空中坠落。

我们终于爬到塔上。塔上长满了草，就像一块微缩草原。透过水塔破损的缺口，我看到满天的星星。我们在水塔的草丛中躺下来。我很少注意到星星，但在这儿星星是唯一能见到的东西。它们看上去离我如此之近，仿佛触手可及。它们一明一暗，此起彼伏，像在彼此玩闹，眨着调皮的眼睛。

"很美，是不是？"喻军的脸对着灿烂的星汉。

我以为他在问询我。我说："是啊，很美。我第一次这么仔细看星星。"

他向天空指了指说："你看到了吗？在正南方那最亮的星云是猎户座，左上角那颗星发出金子一样的光芒。如果长久凝视它，它会发出玫瑰一样的颜色。左下方那颗则像蓝宝石，它的中心相当亮，这亮点被纯蓝所包围，那蓝色像雾一样会变化，就好像那蓝色中镶嵌着很多钻石。"

我惊异地转过头去看他。他道出了我此刻见到的无法说出的色彩。难道瞎子喻军真的还能看得见吗？

我把这事说给郭昕听。郭昕说：

"这怎么可能？喻军已经瞎了，只有傻瓜才会相信。"

我和喻军经常去那自来水塔。

那年夏季，天气特别好，我们几乎每天都能见到星星。

我同喻军说话还是小心的，任何暗示喻军是一个瞎子的东西我都避免提起，比如镜子，倒影，万花筒什么的，怕刺激到他，除非喻军问我。可是，有一天我还是忍不住问：

"喻军，你是怎么看到的？"

喻军没有回答我。他又描述起天空来。那天天上的月亮很大很圆。从这里看，月亮的颜色比平时要丰富得多，月亮的暗影处呈现迷人的过渡带色彩，一条由黄慢慢转向黑色的彩带。喻军准确地向我说出这一切。我不能想象一个瞎子能看到这些色彩。

"你没瞎吗？"我又问。

他摇摇头，说出一句充满哲理的话：

"这世界一扇门关闭了，另一扇门就会打开。"

我不懂。

"我是用耳朵听的。我的耳朵听得出任何颜色。"

我非常吃惊。我从来没听说过耳朵能"听"得出颜色。

"你想试试吗?"他问。

我当然愿意。

他让我闭上眼睛,从做一个瞎子开始。他说:

"要闭紧了,不能漏一丝光,让世界消失在一片漆黑中。"

我闭着眼,躺在草地上。他说必须从什么也看不见开始。要很长时间才能做得到。一个小时,或两个小时,或者更长。有一天,你突然会"看"到光芒从黑暗里射出来。那其实是你听到的声音。

不知过了多久,我丝毫没有"听"到光芒从黑暗中射出来。我什么也没有"听"到。我听到的只是西门街的嘈杂和繁乱:他们在星空下吃饭;有孩子在哭泣;大人们在高声叫骂;猫叫声和狗吠声此起彼伏……不过,我得承认,我平时基本上忽略这些声音。当我专注于听觉时,发现这些声音是那么亲切。

"你听到了吗?"喻军问。

我受不了这黑暗,睁开了眼睛,摇了摇头,自嘲道:

"我只听到鸡飞狗跳。"

有一天晚上,我和喻军一起去水塔。也许是因为天太黑,我们路过西门街时,喻军不小心撞到一根电线杆上,他的墨镜差点撞了下来。他装作没事一样继续往前走。我听到正在法国梧桐下乘凉或吃饭的人们对此议论纷纷——喻军成为瞎子这件事无论如何令人感叹。

喻军显然听到了人们的议论声,他受到了伤害,脸一下子变得漆黑。

那天他一直闷闷不乐。

"我知道你们是怎么看我的。"他说。

"怎么了?"

"因为我从前和你们一样,是个健全人。我从前看到瞎子、瘸腿、断臂的人也很排斥。这就是我讨厌'白头翁'李弘的原因,看到李弘那双兔子一样的红眼睛,我浑身起鸡皮疙瘩。现在我成了个瞎子,你是不是也从心里面排斥我?觉得我是个怪物?"

我想了想。确实是这样的。我总觉得残疾人身上有一种脏脏的东西,一种令我恐惧的东西。从喻军身上我也能感到这一点。要不是喻军妈妈乞求我,我想我不会和喻军玩。

"你不用回答我,我知道你心里怎么想的。其实你们健全人都是傻瓜,你们永远不会明白当一个人看不见时,就能看见一切。知道为什么吗?"

我摇摇头。

喻军不再说话,好长时间他静坐在草地上,一动不动。我不知道他在想什么。我在等着他的回答。后来,他缓缓嘘了一口气,说:

"我听到整个宇宙在和我说话。"

"宇宙怎么说话?"

"你们这些愚蠢的健全人是永远都体验不到宇宙的神奇的。天籁之声,无法描述。"

一会儿喻军又说:"虽然你们的眼睛亮着,可其实比我还瞎。"

我盼望着奇迹发生在我身上。盼望着我能听到天籁之声。

我背着喻军偷偷练习。我常常想象自己是瞎子,让自己身处黑暗中,期望着光线从天而降。

有一天,上语文课时,我一直闭着眼睛。老师正在教一首毛主席的诗词:赤橙黄绿青蓝紫,谁持彩练当空舞……我感到自己的耳朵灵敏起来了,我从老师声音里听到了"颜色",我听到了雨后的彩虹。正当我的内心被喜悦胀满时,老师点到我的名:

"你睡着了吗?"

我迅速睁开眼睛,看着老师。

"他梦想成为一个像喻军那样的瞎子,这样他就可以'听'到世上所有的颜色。"郭昕讥讽道。

课堂上哄堂大笑。那一刻，我像喻军一样，对这些所谓的健全人充满了反感。

"要成为一个瞎子是最容易不过的事，你只需要一枚针就可以。"老师说。

又是哄堂大笑。

我在班上几乎成了笑料。

郭昕说："你是个傻瓜，你会相信喻军这个骗子，他这是装神弄鬼。"

我不服气。我说：

"你不相信？我让喻军证明给你看。"

郭昕说："要是喻军能看到颜色，我用针把自己刺瞎。"

"当真？"

"骗你是一条狗。"

"好，我一定让喻军来表演给你看。"

我把郭昕向他挑战的事儿告诉喻军。

喻军不吭声。

我有点急，说："我答应了他。我说你一定会让他目瞪口呆的。"

喻军显得很镇定，脸上充满了骄傲，那表情让我觉得这会儿他的脸上正站着一个巨人，顶天立地。

"你答应了，是吧？"

喻军还是没吭声。他一动不动地望着天空。一会儿，他讥讽道：

"世上最自以为是的就是你们这些健全人。"

"没错，所以你应该让郭昕明白这个道理。"我说。

喻军侧过脸，惊异地看了看我，然后点点头。

郭昕想出了制造颜色的方法。我们每个人都有一颗七种颜色的玻璃弹子。如喻军所说，每颗七种颜色的玻璃弹子其实就是一个宇宙。郭昕把一颗七种颜色的玻璃弹子放到一只手电筒里，把光线投射到教室的墙上，墙上顿时出现了彩色的光斑，就像整个夜空搬到了这里。

一切都准备妥当。郭昕和喻军定了具体的日子。只要喻军能辨认出墙上的颜色，喻军就赢了。

定下日子的那天，在水塔上，喻军对我说：

"你相不相信，有一天我会变成一只鸟，从这里飞去，飞向那些星星。"

我不解其意，心一下子提了起来。难道喻军想自杀吗？

他说："你不相信？总有一天，你会明白的。"

这之后，喻军把自己关在屋子里，甚至不见我。我想，他在闭门修炼吧。

一个星期后，见证奇迹的时候到了。我还是相当紧张的。我多么希望从此后喻军让郭昕心悦诚服。我盼望平庸的日常生活中有奇迹。

但那天喻军迟迟没有出现。

"我早料到了，他只能骗骗你这样的傻瓜。"郭昕嘲笑我。

我不甘心，我说：

"你们等着，我去叫他来。"

我来到喻军家。喻军妈妈见到我，一脸的担忧。她拉住我说，喻军的幻听越来越严重了，他昨夜一夜未睡，独自在房间里大声说话，问他和谁说话，他只是傻瓜一样笑。我担心死了。后来，他爸爸回来了，见喻军这样，就狠狠揍了喻军一顿。可喻军还是不肯睡，喻军爸爸只好叫来医生给喻军打了一针。现在喻军还在睡。

我问："要睡到什么时候？"

这时，我听到喻军的声音："让他进来。"

喻军妈妈向我眨了眨眼，示意我进去。

喻军已经从床上起来了，脸色有点浮肿。我问：

"你为什么不来？"

"我睡过头了。"

"郭昕等着,你得去。"我几乎是斩钉截铁地说。

喻军不吭声。

"你怎么啦?你害怕了?"

喻军的身体颤抖了一下,说:

"你不会明白的。"

"你究竟什么意思?难道你一直在骗我吗?"

"我没骗你。"

"那你他妈的去啊,去证明给他们看啊。"

我看到喻军的脸上暗影浮动,原来浮肿的脸像植物一样枯萎下来,身体也似乎失去了力量,变得软弱无力。紧接着,我看到眼泪从墨镜里流了出来。

"我知道,你们这些健全人的想法,你们看不起我,甚至连你也看不起我。是的,我什么也看不见,对我来说,这世界是黑暗的,你知道吗?我都看不见自己的手,哪怕是把手放到我的眼睛上面。你知道这有多痛苦吗?嗯?"

他拿掉了墨镜去擦眼泪。我第一次看到他的双眼,眼珠已经萎缩,呈灰白状,因此看上去都是眼白,样子十分骇人。

"你既然做不到,你为什么要骗我?我那么相信你。"

"我真的听得到颜色。"

"你他妈到现在还想骗我。"

出了喻军家,我满怀愤怒和失落。我不再把喻军当做朋友。没必要和这个骗子混在一块。让他一个人享受孤独吧,让他一个人倾听宇宙的声音吧。让整个宇宙和他一个人说话吧。

每次,我回忆西门街往事时,不能确定自己的记忆是否准确。

记忆并不如一块石头或一张桌子那样可以凝固在那儿。记忆是流动的,它随时在变形，时光流逝，其质地和色泽都会改变，记忆在一次一次的回忆中被不断地挖掘和改造，直到一切变得真假莫辨。所谓的记忆也许仅仅出于自己的愿望。

我因此怀疑喻军是我不确定记忆的产物。

一天，我听到喻军妈妈在门口叫我。那时，天已经黑了，我刚吃过晚饭，准备做会儿功课。马上就要期末考试了，这学期逃课太多，课本很少被翻开过，几乎是新的。我不知道喻军妈妈找我什么事，我想，如果他让我再去陪伴喻军，我会断然拒绝。我可不想同一个骗子混在一起。

喻军妈妈说："喻军找不到了，不知道他去哪儿了？他下午出去到现在都没回家来，我担心他出什么事。你知道他在哪儿吗？"

看到喻军妈妈日渐憔悴的忧郁的脸，我不忍心不帮助她。我说：

"跟我走吧，我们去水塔那儿看看。"

其实我也没有什么把握喻军会在那儿。不过我想他或许在那儿倾听宇宙的声音。喻军说过，只有在那儿才能听到宇宙的声音。

喻军妈妈跟着我，朝水塔那儿走去。

一轮明月挂在水塔边上。那明月看上去就像一块擦亮的圆镜子，仿佛你仰起头来就可以照见自己的脸。那些星星湮灭在月光里。不过，只要向天空凝视，依旧可以看得见它们。

我没在月亮上见到自己的脸，倒看到一只巨大的蝙蝠，飞过月亮的表面。接着我听到喻军妈妈一声尖叫：

"啊——喻军，你为什么要这样。"

我这才意识到那巨大的蝙蝠是喻军。喻军果然如他所说的，变成了一只鸟飞向星空。他这是向宇宙深处的纵身一跃。

喻军没有死。因为他落入了护城河里面。

后来我知道喻军彻底疯了。他被送进了精神病院。

我感到非常伤感。这世界就如那水塔，坚固，稳定，一成不变，不会出错，出错的只能是我们的感觉。我也后悔吵架后没再去看喻军，要是我在他身边他可能不至于会疯掉。可是谁知道呢？

有一天，我在街头碰到喻军的母亲，我问喻军怎么样？

她说："比以前安静些，他在画画。"

我吃了一惊："他什么也看不见怎么画呢？"

"他用耳朵听，把听到的都画下来。"

"谁给他调颜色呢？"

"都是他自己。他听得见每一种颜色。"喻军母亲苦笑了一下，像是在自我解嘲，"他调出来的颜色谁也没有见过。"

"我可以去看他吗？"

喻军母亲摇了摇头，说：

"他害怕见到熟人。我担心他想起从前的事，旧病复发。"

有一天，我对郭昕讲起喻军画画的事，我说我很想去看看，喻军到底会画些什么。郭昕说：

"你别听喻军妈妈吹牛，喻军废了，他完全变成了一个疯子。"

1988年，我大学毕业后回到西门街。

令我意外的是我在街头碰到了喻军。

他看上去很好，依旧戴着墨镜。他"听"出是我，很远和我打招呼，友好地和我握了握手。他说：

"我早看出来了，你是我们西门街最聪明的人。"

我说谢谢。

他的脸看上去非常平静，有一种远离尘世的安详，好像他和喧嚣的尘世隔了一道厚厚的帷幕。我问他这几年过得好不好。他说，一直在画画。我说，听你妈妈说起过，我一直想看看，但怕打扰你。

"画画让我安静下来。我把听到的都画到画布上了。"他说。

"那太好了。"我说。

他带我去了他的画室。

他的画室就是他的老家。他父亲已分到新房，搬出去住了。他白天基本上待在这儿。

那些画令我非常惊讶。所有的画只有一个主题——星空。就是花草鸟虫在他的笔下都成了星空的一部分。走进他的画室，就像走进一个茫茫的宇宙，画布上的色彩非一般人能想象。

我不知是不是因为太感动，看着这些画我有一种晕眩感，好像我变成了宇宙的一粒尘埃，在随风飘荡。我承认，那一刻，我听到了整个宇宙在和我说话。

想起多年前我们躺在草地上，他向我描述宇宙的情形，我情不自禁地流下泪来。我说：

"喻军，你太了不起了，太壮观了。"

喻军温和地笑了笑，说："一切都是天命。时间是最伟大的艺术家。"

青春与沧桑

——2013年中短篇小说的一种解读

王干/著

青春与沧桑
qing chun yu cang sang

2013年有一部引起热议的电影，叫《致我们终将逝去的青春》，是赵薇导演的处女作。赵薇作为20世纪70年代出生的人，开始怀念、凭吊渐渐消失的青春年华，说明新一代的人已经成长起来。文学艺术的一个重要功能，就是对过往岁月的阅读、记载和重新认识。

2013年的中短篇小说创作似乎也是在"致青春"的情绪中度过的，成熟的作家在回望消失的岁月，年轻的作家在经历了人生的风雨之后，也开始走向沉稳、大气，出现了80后作家马金莲的《长河》、老作家王蒙的《明年我将衰老》、李唯的《暗杀刘青山张子善》等一批在审美上和题材上都有创新的作品，颠覆了人们以往的一些曾经拥有的阅读经验，延续着"五四"以来的文学传统。

沧桑感和青春性相互交融是近期小说的一个特点，作家在现实和历史的长河中进行了双重的拓进，探寻历史沉淀的余韵和谜底，展现了当下现实复杂的生存状态。李唯的中篇小说《暗杀刘青山张子善》是一部钩沉历史的小说，好多读者肯定奇怪了，刘青山、张子善不是腐败分子被政府枪毙了的吗？怎么会是被暗杀的呢？历史就是这么奇怪，作家李唯在尘封的档案里发现他俩当年居然是国民党特务暗杀的对象，因为他们是天津地区负责人，是中共的高官，便有了一连串"暗杀"的故事。当然，最后国民党特务的暗杀阴谋失败了。记得毛泽东有句非常经典的话，"在拿枪的敌人被消灭以后，不拿枪的敌人依然存在。""拿枪的敌人"指国民党的有形的军队，而"不拿枪的敌人"当时是指国民党的特务以及隐藏的反对共和国新生政权的敌对势力。60多年过去了，共和国的政权稳定了，当年那些"不拿枪的敌人"似乎已经烟消云散了，但是威胁共产党作为执政党的敌人依然存在。这个不拿枪的敌人就是腐败，小说《暗杀刘青山张子善》以诙谐冷幽默的叙述方式，清晰地展现了这个不拿枪的敌人比那个拿枪的国民党的特务要可怕得多，也要顽强得多。国民党特务费尽心机地要暗杀的天津地委的一号人物、二号人物，在灯红酒绿面前，在金钱女色面前，很快被暗杀了,不是死于国民党的枪下,而是死于无形的敌人——腐败。所以,现在有了那句著名的"把权力关进笼子",如果不能正确地使用权力,自己就会被关进笼子。小说当然是一种虚构,但是在虚构的同时,又脱离不了现实生活,当年刘青山张子善迅速腐败的根源在今天没有销声匿迹,反而随着经济水平的提高,这个不拿枪的敌人升级换代,变得更强大、更狡猾了,反腐防腐,任重道远。

　　方方笔下的涂自强,是80后青年形象中少有的具备沧桑感的人物。小说《涂自强的个人悲伤》关照的是当下青年的生存状态,虽然写的是80后青年涂自强的个人故事,但小说写出了当下时代个人奋斗的艰难和困窘。已经有评论家将涂自强和路遥的《人生》里的高加林进行比较,上个世纪80年代高加林的个人奋斗的成功与这个世纪涂自强的个人奋斗遭受的接二连三的挫败,形成的巨大反差,反映的正是时代的变异和历史的沧桑。和方方早期的《风景》一样,小说氤氲着一股悲凉之雾,她对那些善良而正直的人们投注了更多的悲悯和同情,小说虽曰个人悲伤,但在那个无情捉弄人的命运之手,岂是一个人的悲伤承担得了。而《风景》写于1987年,距离2013年整整26个年头,真是沧桑中的沧桑。

　　如果说方方是对自己20多年前的小说基因的再繁殖和更新换代的话,那么70后作家刘永涛的《我们的秘密》则是向前辈的致敬之作。1986年著名作家朱苏进发表了中篇小说《第三只眼》,是写台湾海峡两军对垒,一个解放军战士不小心被俘成了敌人的宣传工具,敌人企图抓住人性的弱点来动摇军心。如今,两岸合作,火药味渐渐散开。但好小说却能够超越题材的限制,成为跨越时空的经典之作。二十多年过去了,小说中那犀利不免冷酷、敏感而又带着阴暗的目光依然让人感到一丝丝寒意。刘永涛作为70后的作家,算不上名声显赫,但这一篇《我们的秘密》显然是不可多得的好小说。和《第三只眼》写敌我对峙、明争暗战不一样,《我们的秘密》写的是日常生活,平常得不能再平常的普通人故事,一个小公务员因为无聊玩起猜谜游戏，因此洞悉了很多人的秘密，灾难开始降临，他被送进了精神病院，到了精神病院之后，他再度窥视到医院和病人的双重秘密，他面临杀身之祸，只能逃亡到荒僻的山村。这样的作品很容易写得特别阴暗、冷漠，但作家在诡异中依然看见"光"，依然不忘记这个世界上的善意、良知、纯真，《我们的秘密》将人性、神性、鬼性和诗性完美结合在一起。

刘明艳的中篇小说《红星粮店》也属于"致青春"之类的"年代剧"，但它比之赵薇的大学生时代的青春校园要少很多的诗意，因而要现实得多、尘世得多，也残酷得多，当然也更有历史感。粮店的兴衰，是中国社会变迁、成长的一个微缩胶卷，同时也是一代人青春消失的一个载体。当小说的结尾，曾经的青年如今的老板将业已消失的红星粮店的牌子重新挂起来的时候，历史已经不是简单的重复，它是记忆，也是新的开始。王妹英的《一千个夜晚》则是残酷青春的乡土叙事，女性命运难以言说的经验和粗粝的乡土体验让小说在一种返璞归真的书写中显得清新、自然。

小说贵在写人生经验，人生经验有来自自身的经历、体验和感受，也有来自他人的经历、体验和感受，也可以通过阅读和想象的人生经验来获得。在这些不成条理、相互交叉的人生经验里，有些被升华为哲学，有些被视为某种处世原则，还有更多的则不能浮现在海平面上，有些漂浮在生活的浅海，有些则沉淀在生活的底处。作家通过对人生经验的解密，或直接，或间接，写出了时代的悲伤。

50后的作家虽然被称为过气的一代，但内部每个作家的创造力还是不一样的，方方不减当年的才华与深度，李佩甫、蒋韵、张炜等人小说保持着足够的意识水准，并且在某些方面有了新的尝试。李佩甫的中篇小说《寂寞许由》题目看上去有点古老，但小说写的是鲜活的原生态。在小说形态上，可以归为挂职小说，或外来者小说，李作家挂职下去成为一个不分工的副市长，倒也可以冷静旁观地观察到当今中国社会的种种复杂形态。小说写出了中国乡村经济发展的艰难，也写出了乡村官员的复杂性。当我们在反思中国经济发展过程中的种种过失时，李佩甫用小说呈现出他的思考和困惑。成功的企业和成功的官员的背后居然是如此令人啼笑皆非的荒唐，金钱的压迫导致了人性的扭曲，经济指标导致了官场的非常态竞争。李佩甫带着河南口音的叙述，用词生动令人叫绝。这篇小说地域色彩强烈而辐射面远远超过具象本身，正是写实作品的大境界。蒋韵的小说写的是历史的传奇、爱情的真诚和历史的错落，同时这些也造就了人物命运的跌宕起伏。真爱在一个不正常的岁月里，是那么的可贵和稀少。蒋韵的小说《朗霞的西街》缓缓道来，写爱情传奇，写历史烟云在人物性格造成的悲剧。有评论者认为蒋韵的《朗霞的西街》是对《白毛女》人鬼错乱故事又一次解读，而不同的是人物的命运完全掉了个。张炜的《小爱物》也是关于爱、关于错乱的故事，在童话般的叙述中保持着对人、自然万物的理解与博爱。

　　50后作家在回望历史或回望人生的时候将沧桑感转化为叙述的沉静和老到，而青春飞扬的80后作家中也出现令人惊讶的冷静成熟之作。马金莲是"80后"女作家，现在人们一提起"80后"作家往往都与叛逆、时尚、都市联系到一起，而马金莲的小说为我们展示了"80后"作家的另一面：冷静、淡定、从容。到目前为止，中篇小说《长河》可以说是马金莲的代表作，这部小说从春夏秋冬四季写了四个葬礼，男女老少四个人或因为病灾、或因为贫穷、或因为自然老去走完了生命的最后一程。"我的父老乡亲，在泥土里劳作了一辈子然后到泥土下面安睡，睡得沉稳，内敛，静谧，一如他们生前所具有的品行和经历的生活"，在这部小说中，马金莲保持她冷静、从容叙事风格的同时，又愈发展现了她超常的艺术才情。在女性叙事价值上，可以说这是一部当代的《呼兰河传》，马金莲和萧红一样写出了家乡父老乡亲苦难中的人性美，写出了死亡的洁净和生命的尊严。鲁迅在为《生死场》作序时称赞萧红写出"北方人民对生的坚强，对于死的挣扎，却往往已经力透纸背"。而马金莲则写出了西海固人民的生的坚强，同时也写出了他们面向死的洁净和崇高，"村庄里的人，以一种宁静大美的心态迎接着死亡","死亡是洁净的,崇高的",尤其写少女素福叶的短暂一生,灿若桃花,唯美之至。

中国有句老话说,人生的悲剧在有牙时没豆,有豆时没牙。对一个作家来说,也是存在这样的二律背反,年轻时才华横溢,但缺少底蕴,火气太旺;等人生积累丰富了,往往才情又丧失,言之无文了。马金莲的沧桑感和超越她这个年龄应有的冷静和淡定,因而在同代小说家中依然成为翘楚。而王蒙作为新时期文学的一面旗帜,在年近八旬不仅耕耘不止,而且还保持了青春时期的喷发的热情和初出茅庐的清新。在《明年我将衰老》里,作家杂糅了多种现代主义手法,甚至还将当下流行的穿越叙事手段也巧妙地化为小说的元素,通过多重视角方位的叙事,阐释了对生命、情感、岁月以及人生的深切理解和犀利洞察,其中有睿智的审视,也有旷达的情怀,有对逝水年华的追忆与眷恋,亦有笑看沧海桑田、坐看云起云落的从容豁达。小说超越了爱情主题的一己之悲欢得失,有一种天阔云闲的自在气象,激情饱满,文气丰沛。在艺术上,碎片化的故事,跳跃的时空,奔涌的情感激流,第二人称的叙事视角,内心独白或者深情对话,呈现出一种陌生化的审美品质。小说汪洋恣肆,文采飞扬,成为他近年来创作的一个新高度。虽然宣告"我将衰老",其实是"青春万岁"的另一种表现形态。

和王蒙那种青春洋溢的文风有点相似,艾伟的《整个宇宙在和我说话》是当年航鹰《明姑娘》之后再写盲人精神领域的作品。航鹰展现的是身残心不残的心灵美,而艾伟展现的是心的空间巨大无垠,失去视觉的人反而获得更大的想象空间,与宇宙对话的路径更为奇妙。

蒋一谈的《透明》写了一个离异男子的复杂情绪,对孩子难以割舍的亲情让他尴尬、局促,最后暖意重生。小说写得虚实一体,黑白融合,对人性的理解和描写入骨进髓。毕飞宇的《大雨如注》直接描写的是中学生的教育问题,写出被压抑的青春最后释放的是丧失母语,颇有警世意味。

铁凝的《火锅子》直接写沧桑,写老人晚年的欢乐和烦恼,简约,隐藏，和《笨花》的质朴形成呼应。苏童的《她的名字》写了一个人姓名的沧桑，一如他过去的《人民的鱼》《白雪猪头》等优秀短篇一样，从一个小的切口去描写人物的命运、历史的变迁，在不经意中变来变去的名字居然成为时代的一个痕迹。曾剑的《穿军装的牧马人》，直接写战士的青春，本来参军充满了幻想，但当了牧马人，变成了另种青春之歌，人与动物，人与自然，也是诗意。欧阳黔森的《扬起你的笑脸》写青春消逝在乡村的教师，苦涩而温馨。

"李白斗酒诗百篇"，说的是青春飞扬，"庾信文章老更成"，说的是人情练达，文学是青春的，文学也是沧桑的，伟大的作品总是能够在青春中望见沧桑的褶皱，在沧桑中浮现青春的流动，曹雪芹的《红楼梦》如是，托尔斯泰的《复活》如是，福楼拜的《包法利夫人》如是，在这个意义上，2013年的中短篇小说可以说不苍白，甚至有点伟大。

2014.3.1 于润民居